U0002077

死亡預約

John le Carré

Call for the Dead

宋瑛堂 譯　約翰·勒卡雷

目次

自序

可能除了受訪者之外，沒有人比訪問者更容易預測。以我的經驗來看，訪問者可分為兩種，幾乎可用年齡層來區分——四十歲以上的訪問者緊張地看著我的白髮，問句大抵都是：「你還能撐多久？」四十歲以下的訪問者未來想當作家，對自己仍抱希望，會問道：「你如何跨出第一步？」《死亡預約》是我的首部小說，所以我在此不回答第一個問題，反正也無法回答。我想向各位介紹個人起步的經過。

我開始寫作，是因為當時無聊得快發狂。所謂的無聊，並非事不關己、漫無目標、令人早晨不想起床的那種無聊，而是一種令人想慘叫、令人慌狂無主的感受，猛繞圈子想找份真正的工作卻遍尋不著。我試過教書，對象是「課業落後」的學童，而折磨著多數學童的，恰與折磨我的東西全然相同：無聊。學生坐在教室後面，無聊得發怔。我也在伊頓公學試過教書的身手。但在伊頓時，我總覺得自己比學生年輕，本身也與他們同樣需要優良的指導老師。那時的我，當然不願一眼望向人生走廊的盡頭，看見自己四十歲當上老師兼舍監，六十歲退休，在迪文（Devon）的小屋養老，一心只想著，噢上帝，請千萬要讓我安祥地步入人生盡頭。

教書期間，我利用學校放假時畫圖賺外快，成就卻不太耀眼。我畫出的所有東西，必須能闡明人生意義，否則無法滿足我自己；無奈這時作畫的目標是生產童書封皮，一幅八英鎊，能表達性靈的機會並不多。

至於寫作——沒錯，兒時放棄童詩創作之後，我的確試過一次。在伊頓教書期間，包德利．海德（Bodley Head）圖書公司請我創作一份德文讀本，針對的是一般程度的考生。我寫了一則關於人行道藝術家的故事。有天下午在特拉法爾加（Trafalgar）廣場，這位畫家在石地上以彩色粉筆揮灑出傑作：蒙娜麗莎的微笑。它更勝原畫一籌。而他也知道。雨快來了，下班人潮也是，他沒有固定劑，廣場石地屬於市議會，不歸他所有。如今回想起來，我把故事寫成巧妙的暗喻，暗指我未受青睞的才華。然而我並不清楚的是，故事裡這位畫家的才華任由來去匆匆的行人踐踏，而我的才華何在？不用說，這則故事不符合該圖書公司的原意，稿件被退回來。數年後，文豪葛林❶被包德利．海德延攬，擔任某部門主管，作品交由公司出版。他寫信建議我投效該公司，然而文字工作者就是牛脾氣，我沒有原諒他們，永遠也不肯原諒。

逃離教書生涯後，我再度進入白廳大大的後方辦公室，旋即轉至西端區一棟神祕兮兮的建築物上班。這地方連計程車司機都知道是MI5。當年我住在大米森頓（Great Missenden），每星期有五天在六點起床，吃完早餐，步行半小時到火車站，搭上火車，六十五分鐘後抵達馬里波恩區（Marylebone），然後搭公車到克松街（Curzon）的勒空菲之家（Leconfield），出示通行證。每天下班回家陪伴忠貞的妻子與幼子時，往往已是深夜十點或十一點。

我在倫敦的世界是個紙上世界，是個踏著檔案前進的保防單位，而我是一員步兵。我猶如吝嗇商人的夥計，待在寒冷的小房間裡，從早賣力到深夜，埋首整理檔案，而檔案中的人我永遠也見不到——我們信得過這男的嗎？這女的呢？他們的僱主信得過他們嗎？他有無可能成為叛徒、間諜、寂寞的決策者，或可能成為黑心對手勒索的對象？我對自身的了解似乎仍處於童稚階段，居然必須評斷他人的生活與熱愛的事物。我並不熟稔真實世界的事物，只懂得個人的世界，唯一擁有的一套工具，是個人的潛能。當年我的潛能多樣，我替紙上嫌疑犯想像出的來龍去脈，竟然替自己贏得「簡潔明晰」的美名，而這個美名正好與事實完全相反。我只不過以少得可憐的黏土來造人，材料不外乎電話竊聽、攔截郵件以及調查員的報告，其餘用來捏造嫌犯的材料來自我身上。這種情報工作的手法並不可取，但在那個平庸的世界，卻可當作優質情報看待。結果這番歷練竟為我日後的小說創作生涯鋪路，而當時的我並未刻意朝創作的方向走。

如今我明白了，小說創作者看待筆下的角色時，經常帶有兒童看待成人時那種霧裡看花的疑惑。小說創作者的眼光同樣冷淡，同樣懷疑，也抱有同等的痛苦、驚異，以及變幻莫測的愛；小說家看著筆下人物時，將人物加入個人的祕密動物寓言集裡，加以仰慕、模仿、排斥、懲罰。情報世界封閉，對禁閉其中的人而言，這世界奇蹟似的有助於保存此種幼稚的見解。從情報世界的高牆裡，我們這些

---

❶ Graham Greene, 1904-1991，英國作家。

菜鳥能自認成熟到老油條的地步。然而，若將我們釋放至成人世界中，我們多數人瞬間成為茫茫然的幼童。

在《死亡預約》一書中，愛莎·芬南首次與喬治·史邁利見面時，正是以上述方式向史邁利說明。當然了，除了檔案之外，我也取材自同事，而我從來沒遇過如此奇特的一群人。地下工作圈一如真實世界，但正如凱斯特勒❷對猶太人的描述，甚至有過之而無不及。情報員彼得·萊特出書大爆內幕，像他這樣的人並不多見，而他服務情治單位期間，或許與我同樣在潛意識間準備走上文學之路。我們的資深情報官彼此勾心鬥角，原因卻不准下屬知道。他們痛恨姐妹單位的程度更深。他們痛恨政治人物、共產黨員，以及為數眾多的新聞工作者。就我們所知，他們也痛恨威爾遜❸與他的非官方智囊團。本單位的緊張氣氛詭異，原本合作密切的同事，一轉眼就消失，究竟是遭解僱，或奉上級之命進行敏感任務，我們無從得知。事後了解，這些人通常是被開除。我以同事離奇來去為題材，編織成*The Spy Who Came In from the Cold*一書的主角艾列克·利馬斯（Alec Leamas），表面上遭解僱，事實上卻是一樁邪惡殘酷的騙局。可悲的是，實情鮮少如此。在情報圈裡，才華洋溢者與扶不起的蠢才共處，新人從來無法逆料未來。

有時候，新人甚至會懷疑蠢才是否也是一種高明的偽裝，也會懷疑是否另有一個真正的、高效率的特務局。後來我虛構出另一個特務局，但實際上的特務局充斥著平庸之輩——前殖民地警察加上不得志的學術界人士；不得志的律師、不得志的傳教士、不得志的初入社會黃花閨女，人人似乎多少散發出不得志的氣息。隨著時間過去，我開始相信的確有一種表情稱為特務局臉孔，所有同事皆具備這種表情：注視對方，等對方將眼神轉移過來時再向下看，然後移開視線，兩眼有所探求，然後拒人於千里；人人皆帶有一種隔絕排外的感覺，猶如波希❹作品中的奇怪氣泡，賞畫人無緣親吻或碰觸。

或許是心中各藏乾坤，所以同事互不往來，自認比旁人所知更多，或（天啊）更少。我們的祕密就如金錢，囤積最多祕密的人也最驕矜自滿。唯有偶爾前往ＢＢＣ或與英國「大」報共進午餐，我才會察覺同一種惡毒、憎恨的氣氛。

對於初出茅廬、不自量力的作家，這種悲哀、祕密的世界稱得上是最佳創作環境。

觸發我的人是約翰·賓罕姆（Bingham），這一點無庸置疑。約翰的外形略似史邁利，利用午餐時間撰寫驚悚小說。後來他受封伯爵。無論身為伯爵或間諜，他都是個好好先生——待人親切、風度翩翩、直覺敏銳，從事過新聞工作，擔任過控管委員，是徹頭徹尾的情報專業人員。而他也令我回想起早年影響我更深的維文·格林（Vivian Green）。維文曾在我就讀的公立小學擔任神父，最後自牛津的林肯學院院長一職光榮退休。如果我以前希望懺悔告解，對象肯定是維文·格林；而約翰·賓罕

❷ Koestler, 1905-1983，匈裔英國作家。
❸ Harold Wilson, 1916-1995，英國首相。
❹ Hieronymus Bosch, 1450-1516，荷蘭畫家。

姆耳聰目明，有如情報版的維文。然而維文學術研究的對象是神學家衛斯理，後來改研究金雀花王朝❺；約翰則改行創作小說，而我則看著他動筆。

我只需要這麼一個榜樣。我準備試試身手。創造主角喬治．史邁利時，我攫取了維文「擁有與外型、背景格格不入的智慧」此一個人特色，以學問包裹，再加上約翰靈活狡猾的身手與單純的愛國心。所有小說人物都是混合體，表面看似取材自真人，其實來歷更為高深莫測。所有角色最後都如我檔案中可憐的嫌疑犯，全以作者的想像力重新拼裝改製，最後也許誰也不像，反而更接近自己。如今約翰已經過世，而且生前被特務局裡作風獨特的歷史學家爆出身分，因此在此對他致敬似乎特別合適。他不僅是喬治．史邁利的一部分，而是啟動我寫作生涯的第一人。

我利用便宜的筆記簿來創作，在大米森頓與倫敦間的火車上、在午餐時間、在上班前灰沉沉的晨光中寫作。我當時的內人安替我打字。我們一貧如洗，卻以每週幾先令的代價狠心租來Olivetti手提打字機。我一頭栽進去開始寫故事，不先打大綱，也不描輪廓，也不畫流程圖。未來發展如何，連我也毫無概念。但我有了史邁利，也有一疊疊檔案，其中男女嫌疑犯與我素昧平生。在我的記憶中，還有個矮小的法國女子，因骨折而住進夏蒙尼（Chamonix）的醫院。大戰後沒多久，我前往當地滑雪，她住宿的旅館與我相同。旅館經理向我說，她不只是骨折，而且是雙腿骨折，我因此前去探視。

她躺在床上，雙腿吊起，五十幾歲，瘦小單薄，頭髮染成金色，塗滿唇膏的上唇肥厚，突出於細薄的下唇之上。她大笑一聲告訴我，她熬過了（二次大戰期間）法國抵抗運動，也跳傘登陸過法國，次數多到記不清楚，但是開始滑雪前從未骨折過！她繼續大笑。她這時擔心起頭髮來，唯恐頭髮永遠不會好好長回原狀。她說，大戰最後一年她在集中營度過，口氣宛如談及在里維埃拉度假幾星期。在集中營期間，她遭遇被剃光頭的命運，其他人的頭髮恢復原狀，而她的頭髮卻不知為何硬是長不回來。她說著再次大笑自嘲。無論她試用再多膏、油、粉，頭髮已不復往年光彩。我以她作為本書的愛莎・芬南的範本。

完成本書後，我擔心自己的麻煩才剛開始。置身諜報界期間撰寫間諜小說，是否牽涉到法律問題，我並未請教過他人。如今我得知，新人加入前必須簽名放棄文學創作。我對職務中的牽連瓜葛略知一二，明瞭發表作品前必須經上級同意，因此將底稿寄給法律顧問伯納・席爾（Bernard Hill）。對我來說，整個單位的人一向就數他最枯燥無味。兩、三天後，他來信告知很喜歡這部小說，同時請我修改一個地方。不是保密問題，而是他認為不修改的話可能涉及毀謗。他也請我使用假名，認為比較保險。他一面吸著菸斗，一面預祝我一帆風順。

威特・戈蘭聶茲（Victor Gollanze）答應替我出書後，我請教他應使用何種假名。他建議採用單音節的盎格魯薩克遜姓名，如恰克・史密斯或漢克・布朗。最後我卻看上既非單音節，也非傳統英國人的姓：勒卡雷。究竟為何選上這個筆名，是從何方得到的靈感，唯獨上帝清楚，我只是不喜歡威特

❺ House of Plantagenet, 1154-1485，在法國又名安茹王朝（House of Anjou）。

的建議而已。每次有人逼問緣由，我會推說是搭乘倫敦雙層公車時坐在上層看到的店名。其實不然。我真的不知道。話說回來，小說創作者吐實時切勿輕信。

約翰・勒卡雷
一九九二年三月

1 簡述史邁利

當社交名媛安恩．瑟孔姆在大戰近尾聲時下嫁喬治．史邁利，她對她震驚的上流友人形容他「極其尋常」。而兩年後她為了一個古巴賽車手離開他，她神祕地宣稱，倘若她當時不離開史邁利，以後也將再無可能；索立子爵則專程去了他的俱樂部一趟，確定消息走漏。

在短短的一季裡，這句有如警語般的聲明，卻唯有那些認識史邁利的人才能理解。粗短、肥胖，性情恬靜，顯然會花大錢在極差勁的服裝上，它們披在他矮胖的軀幹，彷彿縮水蟾蜍身上的皮膚。事實是，索立曾在婚禮上表示「瑟孔姆嫁給了一隻灌滿西南風的牛蛙。」而史邁利沒聽見這番批評，他正啪答啪答地步上教堂走道，尋覓能將他變成王子的一吻。

他是貧是富、是農村子弟還是神職人員？她是從哪兒認識他的？新娘無庸置疑的美貌只是更強調了這一對的不協調，而男人與他新娘的落差則引起神祕的聯想。只是，八卦中的角色必須簡單而絕對、必須裝備他們以罪過及動機，方便在言談間交換傳遞訊息。於是，史邁利成了沒受過教育、無父無母、非軍非商、不貧不富，在社交特快車中的警衛車廂裡，身上沒有標籤、轉眼間淪為遺失的行李，注定在離婚消息來了又走了之後，待在昨日舊聞、生灰塵的架子上，依舊無人認領。

當名媛安恩追隨她的星辰前往古巴時，她想到過史邁利。她不太情願地對自己承認，如果此生她只能有一個男人，這人非史邁利莫屬。而她滿足地想起，自己已經透過神聖的婚姻證明了這件事。

名媛安恩訴請離婚對她的前夫有何影響，社交圈並不感興趣——他們本來就不關心轟動事件的後續發展。然而，知道索立那幫人如何設想史邁利的反應，也不失趣味；圓滾滾、戴著眼鏡的臉在認真專心研讀冷門德國詩人之際皺了起來，肉乎乎的汗濕雙手在鬆垮的衣袖中緊握成拳。但索立僅微微聳肩以法文表示*partir c'est courir un peu*（只是離開小個子罷了），顯然沒注意到，名媛安恩儘管只是離開，喬治．史邁利這人確實有一小塊隨之死去。

史邁利身上倖存的那個部分，與他的外型格格不入，一如他的愛情，或偏好藉藉無名的詩人，那就是他的職業：情報官。他喜歡這份工作，因為它讓他有幸與品格、來歷同等晦澀的人共事。這份工作也提供他過去人生的最愛：透過有條理地、實地運用他自個兒的演繹能力，就人類行為的奧祕進行科學研究。

二〇年代期間，史邁利自不甚起眼的學校畢業，接著懵懵懂懂地進入他那同樣不甚起眼、陰暗而封閉的牛津學院，曾夢想著成為研究員、畢生致力於研究十七世紀德國晦澀的文學。然而指導教授更了解史邁利，以睿智的手腕讓他偏離他無疑將獲得的榮耀。一九二八年七月一個清新的上午，疑惑又年輕紅潤的史邁利坐在一張桌前，接受海外學術研究委員會面談，而他居然沒聽過這個單位。傑布帝（他的指導教授）莫名含糊地帶過這個引介：「史邁利，跟這些人談談，他們或許會用你，薪水低到保證你有一群正經的同事。」但史邁利被惹惱了，也照實說了。讓他擔心的是，傑布帝說話一向明白清楚，此時卻閃爍其詞。輕微惱怒的他同意暫緩回覆牛津大學的萬靈學苑（All Souls），先等見過傑布帝的「神祕人物」再說。

他沒有被介紹給委員會，但他光用看的就認出其中半數成員，包括劍橋的法國中世紀學者菲爾丁、東方語言所的史帕克，以及某晚傑布帝邀史邁利在高桌（High Table）餐廳用餐時，也出現在那兒的司第艾斯培。他得承認自己對此印象深刻。至少讓菲爾丁離開研究室，而且離開劍橋，本身就是一種奇蹟。事後，史邁利總把那次面試想成一種扇子舞；一系列計算過的開誠布公，每個人各自揭開一個神祕實體的不同部分。最後，司第艾斯培——他似乎是委員會主席——掀開最後一層面紗，呈現在他眼前的真相赤裸得令他目眩。這個——由於想不出更合適的名稱，司第艾斯培難為情地形容它為特務局——機構，將提供他一份職位。

史邁利要求給他時間考慮。他們給他一個星期的時間。沒人提到待遇。

那晚他住在倫敦一間相當高級的旅館，請自己看了一齣戲。他感到反常地頭重腳輕，令他煩惱不已。他很清楚自己會接下這份工作，他在面試時大可就答應。這麼做純粹出於本能的警覺，也阻止了他想玩弄菲爾丁那情有可原的念頭。

他同意之後開始受訓：沒有名字的鄉間住宅、沒有名字的指導員，大量的旅行，以及愈來愈明朗化的、完全獨立作業的美好前景。

他的第一個指派任務相對輕鬆：到德國的地方大學擔任英語講師兩年，講授濟慈的作品、與一群熱心而認真的各種各樣德國學生至巴伐利亞的狩獵小屋度假。每次長假尾聲，他會帶其中一些認定有潛力的學生回英國，並透過祕密管道將他的建議傳送至波昂的一個地址。在那兩年間，他不知道自己的建議是被採納了或置之不理。他也無從得知是否有人去接近他所提名的人選。確實，他沒辦法知道自己的訊息是否寄達他們手上；在英國時，他也與軍情局沒有聯繫。

執行這項工作時，他感到五味雜陳，難以調適。他必須從他的所學、在超然的位子上評估一個人的「情報員潛能」，得就人格及行為設計精妙的測驗，以作為他參考該人選的品質標準。他的這一部分無情而殘酷——在他的生意裡，史邁利扮演的角色是國際傭兵，不講道德、無關動機，只求滿足私慾。相反地，目睹他內在原有的樂趣逐漸凋萎則令他悲傷。總是置身事外，如今他發現自己會在友誼與人性忠誠的誘惑前退縮；他警醒地避免自己做出自然反應。由著他的智識之力，他強迫自己以客觀的學術角度觀察人類，然而他既非神明也非聖賢，對自己人生中的虛假感到既痛恨又畏懼。

但史邁利本來就是感性的人，長時間離鄉背井更增強了他對英國的深愛。他以牛津的往事餵養飢渴的心靈；它的美、它理性的安逸，以及它在下判斷時的成熟穩重。他夢到秋天哈特蘭碼頭（Hartland Quay）多風的假期，夢到在康瓦爾郡懸崖上踽踽長行、風吹得他的臉又平又燙。這是他的另一個祕密生活，而他則愈來愈痛恨新德國齷齪的侵略舉動、制服學生的叫囂跺腳、帶疤的傲慢臉孔與他們廉價的回應。他也憎惡校方竄改他課程——他心愛的德國文學——的那種手段。有那麼一個晚上，在一九三七年的冬天的某個可怕夜晚，史邁利站在窗前，望著大學中庭升起營火：數百名學生圍著它，臉龐在跳躍的火光中亢奮閃爍。他們把好幾百本的書丟進這異端的火焰中。他知道都是哪些書：托馬斯·曼、海涅、萊辛與其他多名文人。而史邁利，他汗濕的手捏著菸屁股，旁觀著，痛恨著，並勝利地想他已認清他的敵人。

一九三九年他在瑞典，是個瑞士知名小型軍火商的代理，與該公司的關聯自是即刻生效。自然，他的外型也出現某些改變，因為史邁利發現自己在這方面的天賦，不僅止於基本的改變髮型與蓄道小鬍子。四年期間，他盡責扮演角色，往返於瑞士、德國、瑞典三國。他從未料想到，一個人可以擔憂受怕這麼久。直到十五年後，他一緊張仍會刺激左眼的神經；壓力在他圓滾滾的臉與額頭上鑿出線條。他知道什麼叫永遠無法安枕、永遠無法放鬆、不分晝夜無時無刻心悸不休的感受；了解孤單與自憐的極限，沒來由地突然渴求女人、酒精、運動、任何藥物，只求帶走他生活裡的壓力。

在這樣的背景下，他執行他值得信賴的軍火商生意以及他的間諜工作。情報網隨著時間擴展開來，其他國家也修正了他們欠缺遠見、缺乏準備的毛病。一九四三年，他被召回。六個星期不到，他開始渴望回去，但他們不肯放他走。

「你的任務結束了，」司第艾斯培說：「訓練幾個新人，休個假。去結婚之類的。放鬆一下。」

史邁利向司第艾斯培的祕書安恩·瑟孔姆求婚。

大戰結束。他們資遣他後，他帶著美麗的妻子回到牛津，繼續投入冷門的十七世紀德國文人。然而兩年後，安恩去了古巴，渥太華一名年輕俄羅斯密碼員的供詞則使具備史邁利這樣經歷的人頓時炙手可熱。

這工作很新鮮，威脅難以捉摸，起初他做來得心應手。可惜更年輕的人陸續進來，想法也許比較新穎。史邁利不是升遷的料，而這時他才緩緩悟出，進入中年的他從未年輕過，因此他——最好的可能做法就是——被晾在架上。

滄海桑田。司第艾斯培走了，從北美投奔印度，尋找另一個文明世界。傑布帝死了。一九四一年，傑布帝在里爾（Lille）與他年輕的比利時無線電操作員搭上一班火車，兩人從此音訊全無。菲爾丁埋首撰寫羅蘭（Roland）的論文——只剩馬斯頓還在。馬斯頓是職業外交家、戰時的招募官、各部長的情報顧問；「他是第一人，」傑布帝曾說，「玩權力溫布敦網球賽的第一人。」北大西洋公約聯盟，以及美國人深思後的迫切手段，徹底改變了史邁利服務單位的本質。司第艾斯培的時代一去不復返，那時你非得去他在牛津莫德林學院（Magdalen）的研究室裡、喝一杯波特酒，才能接受指令；原本高度稱職、薪資低迷，接受指點後能發揮業餘水準的人手，讓路給了講求效益、官僚作風、勾心鬥角的大型政府部門——事實上是受衣著昂貴、頂著爵位、一頭顯眼的灰髮與繫銀色領帶的馬斯頓所擺布；馬斯頓，這人甚至記得祕書的生日，行為舉止卻被登錄處的小姐當作笑柄；馬斯頓，帶著歉意擴展他的帝國，並充滿遺憾地往更高處爬。馬斯頓，喜歡在亨里（Henley）舉辦光鮮宴會，並踩著部屬的成就前進。

大戰期間，他們延攬他，這個傳統部門裡的專業公僕，一個處理公文並能將部屬的聰明才智與笨重的官僚機器加以整合的男人。大英帝國多麼慶幸能找到一個他們熟知的人，一個有辦法將任何色彩淡化成灰色的男人，而這人也很清楚他的主人，能與他們平身進退。他表現得可圈可點。他們喜歡他為了自己的交遊圈道歉的吶吶模樣，他為部屬的奇想辯白時的不真誠，以及他在考慮新承諾時的柔軟身段。他也不肯放棄斗篷與匕首人 *malgré lui*（除了他自己）的優勢：為主人穿上斗篷，為僕人保留匕首。表面上，他的職稱怪異：名義上他不是特務局長，而是各部長的情報顧問，司第艾斯培總喜歡稱他為**宦官長**。

對史邁利而言，這是個新世界：亮晃晃的走廊，精明的年輕人。他自覺平庸、過時，對著最開始在騎士橋區（Knightsbridge）那棟破敗的連棟雙層屋犯起思鄉病。他的外表似乎也以一種生理上的退化反映出這種難以調適：他的背更駝了，比以往更像隻青蛙；他的眼睛眨得更頻繁，並得到一個「鼹鼠」的綽號。但初出社會的祕書欣賞他，老是叫他「我親愛的泰迪熊」。

史邁利現在已經老得不適合放洋了。馬斯頓說得很清楚：「不管怎麼說，親愛的老兄，大戰期間地下工作做多了，身分也曝光得差不多。最好還是待在家裡吧，老兄，延續家族的香火。」

由此或可說明喬治・史邁利為何坐在倫敦計程車的後座，時間是元月四日星期三的凌晨兩點，在前往圓場的路上。

2 全天無休

他在計程車裡感到安全。既安全又溫暖。溫暖是他從床上偷渡來的違禁品，囤積用來對付濕冷的元月暗夜。他感到安全，是因為周遭不甚真切：穿越倫敦街道的是他的靈魂，映入眼簾的是慾求不滿的尋歡客，在退伍軍人雨傘下疾行；以及那些用聚乙烯把自己包得像個禮物的妓女。是他的靈魂沒錯，從睡眠之井中爬出來、制止床邊桌上嘶叫的電話……牛津街……全世界的首都，為何只有倫敦入夜後個性盡失？史邁利拉拉外套，將自己裹得更緊，一面想著，從洛杉磯到伯恩，這些輕易放棄個性的城市，晚上也不至於淪落到倫敦這種地步。

計程車轉進圓場，史邁利陡然坐直。他想起值班官打電話找他的原因，粗暴地將他從幻想中驚醒。當時的對話一個字一個字地回到腦海——他老早練就的回溯記憶本領。

「我是值班官，史邁利，顧問人在線上……」

「史邁利；我是馬斯頓。你星期一去外交部找薩謬爾．亞瑟．芬南面談，對不對？」

「對……沒錯。」

「是什麼案子？」

「匿名信函指控他在牛津時是黨員。只是例行約談，保防科長的授權。」

（芬南**不可能**提出申訴，史邁利想；他知道我替他洗清了污名。他沒有不當行為，完全找不到。）

「所以你去找他了？約談中有敵意嗎，史邁利，告訴我。」

（天啊，聽來他的確嚇到了。芬南肯定找了整個內閣來對付我們。）

「沒有。那甚至是一場相當友善的約談；我們都很欣賞對方，我想。事實上，我在某方面還超出職權。」

「怎麼說，史邁利？怎麼說？」

「我差不多是叫他別操心。」

「你**什麼**？」

「我叫他別操心；他顯然有點激動，所以我叫他別操心。」

「你跟他講了**什麼**？」

「我說，做決定的不是我，也不是情報處；但我看不出我們有再來煩他的必要。」

「就這樣？」

史邁利停頓了一秒；他認識的馬斯頓從來沒有這樣過，從不知道他如此緊迫盯人。

「對，就這樣。絕對只有這樣。」（這回他絕對不會輕易饒過我。篤定的鎮靜、乳白色襯衫和銀色領帶、陪部長共進豪華午餐，都到這裡為止。）

「他說你對他的忠誠度打上問號，還說他在外交部的前途已經毀了，說他淪為拿錢誣告之人的受害者。」

「他說**什麼**？他一定是瘋了。他知道自己是清白的，還想要什麼？」

「什麼也不想要。他死了。今晚十點半自殺。遺書留給外交部長。警察打來找部長的祕書，徵求部長同意、打開了遺書，然後轉告我們。他們會進行調查。史邁利，你很確定，對不對？」

「確定什麼？」

「……算了。盡快趕來就是。」

找計程車就花了他幾個小時。他撥電話到三家計程車行，沒有得到回音，最後位於史隆廣場的那家回電。史邁利裹著大衣，站在臥房窗前等候，終於看見計程車停靠門口。夜闌人靜時分這份不踏實的焦慮感，令他回想起在德國的空襲警報。

計程車駛至圓場，他請司機停在辦公室外一百碼處，一方面是習慣，另一方面想釐清思緒，以迎戰馬斯頓的狂熱問句。

他對輪值的警官出示通行證，緩緩走向電梯。

他現身時，值班官鬆了一口氣，向他打招呼，陪他走在明亮的乳白色走廊上。

「馬斯頓去找蘇格蘭警場的司貝羅了。應該由警方哪個部門來處理這件案子，大家吵了起來。司貝羅說應該給特案處，艾夫林說刑調處，而素里（Surrey）警方還搞不清楚發生了什麼事。亂得不像話。過來國防部的寒舍喝杯咖啡吧。罐裝的，但總是杯咖啡。」

史邁利很慶幸當晚的值班官是彼得．貴蘭姆。這人心思周到，溫文儒雅，從前的專長是衛星情蒐，個性友善，隨身攜帶時刻表與削筆刀。

「特案處十二點五分來電。芬南的妻子去看戲，十一點獨自回家時才發現丈夫的屍體。最後打電話報警。」

「他住在素里的什麼地方。」

「沃里斯頓，在金斯頓替代道路附近。就在大倫敦區外緣。警方趕到時，在屍體旁邊的地板上找到留給外交部長的遺書。處長打電話找警長，警長再打電話找內政部的值班官，值班官再打電話給外交部的駐部職員，最後才得到許可，打開遺書。然後好戲上場。」

「繼續說。」

「外交部的人事科長打給我們，想問顧問家裡的電話，說以後再也不准保防局染指外交部員工，還說芬南盡忠盡職，又有才華。講個沒完。」

「他確實是。他確實是。」

「還說這整件事確實證明了保防局已經失控——真正的威脅一旦出現，蓋世太保的手段哪怕是少一點點都沒有……講個沒完……」

「我給他顧問的電話號碼，趁他罵個沒完之際用另一支電話撥給顧問。巧的是我左手剛掛斷外交部的電話，右手馬斯頓就在線上，我趕緊跟他通報消息。那時是十二點二十分。不到一點，馬斯頓就趕來，一副預產期快到了的樣子——他明早得向部長報告。」

兩人沉默了片刻，貴蘭姆將濃縮咖啡精倒進杯子，從電熱壺裡倒上滾水。

「他是什麼樣的人？」他問。

「誰？芬南嗎？他啊，到昨晚之前我都能跟你形容，現在卻一點都說不準了。外表看來，他顯然是猶太人。正統家庭，進了牛津後拋開過去的一切，成了馬克思主義的信徒。很有洞察力，有文化修養……一個說得清來龍去脈的男人。說起話來輕聲細語，聽別人講話時很專心。受過高等教育，你知道的，很能引經據典。無論是誰檢舉他，其實都不算誣告：他的確入過黨。」

「年紀多大？」

「四十四。其實看起來更老。」史邁利繼續說，眼睛則在辦公室裡遊轉。「……一張敏感的臉，黑髮直梳成大學生模樣，側面看去像是二十歲，皮膚細緻乾燥，有點像石膏。皺紋很多——每個地方都長了，把臉皮切成方塊。手指很細……個頭兒小；事情埋在心底。獨自做自己高興做的事。有苦也大概也自己吞吧。」

馬斯頓開門時兩人起身。

「啊，史邁利。進來。」他打開門，伸出左手，先讓史邁利進門。馬斯頓的辦公室裡找不到一件政府財產。他買過一系列十九世紀的水彩畫，有些就掛在牆上。其餘的東西都是買現成的，史邁利心想。就這點來說，馬斯頓本人也是個現成貨。他的西裝顏色太淺，難以受人尊重；單眼鏡的細繩懸垂在永遠不變的乳白色襯衫前。他繫了一條淺灰色的羊毛領帶。史邁利想，德國人會說他*flott*，換言之是做作的時髦，這就是他——合乎酒吧女服務生夢想的真正紳士。

「我見過司貝羅了。這案子明顯是自殺。屍體已經移走，除了正常程序之外，警長並沒有採取任何行動。一、兩天之內會展開調查。雙方都同意——史邁利，這點我不能再強調了——我們之前對芬南的興趣，絕不能讓新聞界知道。」

「我懂。」（你很陰險啊，馬斯頓。軟弱又怕事。與其掉自己的腦袋不如掉別人的，這一點我很清楚。你正用這種眼神看著我——替我量絞刑架的高度。）

「史邁利，別以為我在批評你；再怎麼說，如果是保防科長授權你去面談，你就沒什麼好擔心的。」

「除了芬南。」

「對。可惜的是，保防局長忘了在建議約談的備忘錄上簽名。他是口頭授權你，對吧？」

「對。我確定他可以證實。」

馬斯頓再次注視史邁利，目光銳利，充滿盤算；史邁利的喉頭開始緊縮。他知道自己不願意低聲下氣，而馬斯頓希望他身段再軟一些，希望他能配合。

「你知道芬南的辦公室聯絡我了？」

「我知道。」

「勢必會有一場調查。恐怕連媒體都擋不住。明天一大早，我一定得去見內政部長。」（嚇嚇我，再試一次……我快屈服了……考慮到退休金……又找不到工作……可惜我不願和你一起撒謊，馬斯頓。）「史邁利，我非整理出所有事實不可。我必須盡本份。關於那次面談，如果你覺得有什麼事應該告訴我，任何你沒有記錄下來的事，現在就告訴我，讓我來判斷它重不重要。」

「檔案裡已經寫得很清楚，晚上在電話裡也向你報告過，真的沒有可以補充的了。有一件事，或許能幫助你理解（**你**的語氣或許稍嫌強烈）——或許能幫助你理解，就是我將面談的氣氛控制得格外不拘形式。針對芬南的指控相當站不住腳——三〇年代在大學期間入過黨、隱隱指控他至今仍同情共產勢力。內閣有一半的人三〇年代都入過黨。」馬斯頓皺眉。「我去外交部找他的時候，他的辦公室裡一直人進人出，所以我建議到公園散散步。」

「繼續說。」

「所以，我們就去散步。那天是晴天，氣溫偏低，感覺宜人。我們看著鴨子。」馬斯頓不耐煩地揮了一下手。「我們在公園裡待了半小時——都是他在說話。他是個聰明人，話說起來很流暢，很有意思。但也很容易緊張，並不是不自然。這樣的人喜歡談自己的事，我認為他很高興能說出埋在心裡的話。他什麼都告訴我了——看來也很樂意提到真名實姓——然後我們去密班克（Millbank）附近一家他知道的義式咖啡。」

「一家**什麼**？」

「義式咖啡吧。他們賣一種特殊的咖啡，一先令一杯。我們喝了一些。」

「原來如此。就是在這種……歡樂的場合中，你告訴他軍情局將獲得不採取行動的建議。」

「對。我們經常這樣做，但一般來說不會記錄下來。」馬斯頓點頭。史邁利想，他懂的也就是這類事情；天啊，這人果真令人鄙視。發現馬斯頓一如他所預料的那麼討人厭，史邁利覺得精神好了一些。

「因此我也許可以推斷，他的自殺——以及他的遺書，當然——令你完全始料未及囉？你想不出其他解釋？」

「要是我想得出來就好了。」

「你也不知道是誰檢舉他？」

「不知道。」

「你知道他已婚。」

「是。」

「我在想……他的妻子或許能提供一些線索。我在想該不該建議，但也許軍情局應該派個人去看她，在不影響她的情緒下，就這一切跟她談一談。」

「現在？」史邁利看著他，面無表情。

馬斯頓站在他平坦的大辦公桌前，把玩著生意人的刀叉——拆信刀、香菸盒、打火機——那一整套公務接待費的化學組。他露出一吋乳白襯衫的袖子，史邁利想，他正在欣賞自己白皙的雙手。

馬斯頓抬頭，一臉同情的平靜。

「史邁利，我懂你的感受，但除了這件悲劇，你也得了解我們的處境。部長和內政大臣會要求這件案子的完整報告，而我正是需要提出它的人。特別是有關芬南……在與我們面談之後的心理狀態。也許他跟妻子提過這件事。照理說他不該那麼做，但我們也得考慮現實。」

「你要**我**過去那兒嗎？」

「總得有人過去。將來還有調查的問題。內政大臣當然會要決定調不調查，不過現在我們手上連事證都沒有。時間緊迫，而你對本案比較清楚，背景調查你也已經做過。一時也找不到其他人來向他簡報。如果要派人去，那也非得是你不可，史邁利。」

「你要我什麼時候去？」

「芬南夫人顯然是個有點特別的女人。外國人。我猜也是猶太裔，大戰期間吃過不少苦，這讓事情更不好辦。她是個堅強的女人，相對來說丈夫的死對她的打擊沒那麼大。絕對只是表象吧。不過她這人很講理，也好溝通。我從司貝羅那裡聽到，她願意合作，你什麼時候到，她大概都可以立刻見你。素里警方可以通知她你會過去，而你可以一早去見她。今天稍晚我再打去那裡找你。」

史邁利轉身離開。

「噢——還有一件事，史邁利……」他感覺馬斯頓一手拉住他的手臂，便轉身看著他。馬斯頓帶著通常是準備給特務局裡那些年長婦人的笑容。「史邁利，你知道你可以信任我；我會全力支援你。」

我的天啊，史邁利想；你真的無時無刻不在工作。全天候的歌舞秀，你這人根本就是——「小店從不打烊」。他已經走到街上。

3 愛莎．芬南

美樂黛巷屬於素里當地居民持續向「郊區」這個帶有貶義的標籤宣戰的角落之一。施過肥、整理過的樹木進駐每一戶前院，半掩著那些蹲坐其後所謂「個性住家」的狹小民房。在住宅名牌上方站崗的木頭貓頭鷹、俯身金魚池塘邊的崩解小矮人，都強調了環境的鄉野情調。美樂黛巷居民不替小矮人上漆，認為這是郊區之罪；基於同一個原因，他們也不替貓頭鷹拋光；反倒是耐心等上好幾年，讓風吹日曬為這些寶貝添上一種古董般的風情，直到連車庫的梁柱都長出甲蟲與蛀蟲。

這條巷子不算是死巷，但房屋仲介堅稱它是；金斯頓替代道路一直往前，最後竟突然縮小成石子步道，再降級為穿越美樂斯運動場、通往一條與美樂黛巷難以分辨巷弄的可憐泥巴小徑。直到一九二〇年代，這條小徑可通往教區教堂，然而教堂目前坐落於相當是安全島的地方，與倫敦市街相連；一度引領信徒前往禮拜的步道，如今成了美樂黛巷與卡多甘路居民之間一條多餘的通道。稱為美樂斯運動場的這片狹長空地實際上很有名；它曾深入區議會、夾在開發派與環保派之間，一度有效地令整個沃里斯頓的地方政府停擺。如今妥協自然而然底定：美樂斯運動場既沒有開發，也不算環保地以等距間隔豎立起來三座鐵塔。場地中央是間茅草蓋頂的食人族小屋，稱作「戰爭紀念所」——於一九五一年落成，紀念兩場大戰的終結——是疲倦的人與老人的避風港。疲倦的人與老人為何待在美樂斯運動場，似乎無人過問，但至少蜘蛛在屋頂找到了家，而鐵塔工人也在這地方休息，舒適得不得了。

那天上午才過八點，史邁利徒步抵達。他先將座車停在警察局前，走路過來只要十分鐘。雨勢很大，陣陣冷雨滂沱而下，冷到打在臉上感覺更加強烈。

素里警方對本案沒進一步的興趣，但司貝羅還是派出特案警官駐守素里警局，必要時充當保防局與警方之間的聯絡人。芬南的死沒有可疑之處：近距離一槍射穿太陽穴，武器是一九五七年、里爾生產的法國小手槍。凶器在屍體下面被發現。所有狀況符合自殺的條件。

美樂黛巷十五號是棟低矮的都鐸式建築，臥房蓋在山牆裡，有個半是木製的車庫，給人一種疏於照料、甚至早已荒廢不用的感覺。這裡像是藝術工作者的住處，史邁利想。芬南看起來不屬於這裡。芬南應該住在漢普斯特，家裡有幫忙家務以換取膳宿的傭人。

他打開大門的門栓，慢慢地走上通往前門的車道，希望透過鉛框窗戶找出生命跡象，卻徒勞無功。天氣非常寒冷。他按了門鈴。

愛莎．芬南打開門。

「他們打來問我介不介意。我不知道還能說什麼。請進。」有一絲德國口音。

她的年紀肯定比芬南大。纖細嚴峻的五十出頭婦人，頭髮剪得非常短，並染成尼古丁的顏色。儘管弱不經風，她仍給人一種堅忍而勇敢的感覺，扭曲的小臉上棕色眼珠雪亮，情感強烈得驚人。那是張歷盡滄桑的臉，早經拉扯摧殘；是張在飢餓困頓中老化的娃娃臉，是永生為難民的臉，是集中營的臉，史邁利想。

她向史邁利伸出手——因刷洗用力而呈現粉紅色，摸起來瘦骨嶙峋。他報出自己的姓名。

「你就是那個找外子面談的人，」她說：「談忠誠度什麼的。」她帶史邁利進到又矮又陰暗的起居室。裡頭沒有生火。史邁利忽然感到脆弱又廉價。對誰、又對什麼忠誠？她的口氣不帶憎恨。他負責欺壓善良百姓，而她則接受欺壓。

「我非常欣賞您的先生。他本來可以洗清的。」

「洗清？洗清什麼？」

「調查起因自一份顯而易見的事證——一封匿名的黑函——而我負責這件工作。」他暫停並以真心的關切眼神看著她。「芬南夫人，妳剛遭逢如此巨慟……想必心力交瘁。妳整晚無法入眠……」

然而她並未對史邁利的同情做出回應。「謝謝你，恐怕我今天也不能指望入睡。對我來說，睡眠是我無福享受的奢侈品。」她眼神挖苦地低頭看自己嬌小的身軀；「這副身體跟我，每天得忍受對方二十個小時。我們已經比多數人活得還要長了。

「至於巨慟。是的，我想是這樣沒錯。但你知道嗎，史邁利先生，我曾有很長一段時間除了一把牙刷，什麼都沒有，因此不是真的習慣擁有身外之物，即便在八年的婚姻關係之後。此外，我也有自行決定忍受痛苦的經驗。」

她朝史邁利點頭，示意請他坐下，並以出奇古板的動作將裙子撥攏至身下，坐到他對面。房間裡非常冷。史邁利在想自己是否應該開口；他不敢正視她，只是茫然盯著自己前方，心裡拚命想看透愛莎・芬南那張飽嚐風霜、歷經奔波的臉。似乎過了好一段時間她才再次開口。

「你說你喜歡他。但顯然你留給他的印象不是這樣。」

「我還沒看過妳先生的遺書，不過聽說過內容了。」史邁利這時將麵團似的認真臉孔轉向她：「就是沒道理。我等於是告訴他……我們將建議本案調查到此為止。」

她一動也不動，只是靜靜聽著。難道他能說：「很抱歉我害死了妳的丈夫，芬南夫人，不過我只是在盡自己的職責。（到底是對**誰**盡責？）他二十四年前就讀牛津時進過共產黨；他的升遷讓他能接觸到高度機密資料。某個好管閒事的傢伙寫了匿名信來，我們別無選擇只好追查它。調查引發妳先生的精神憂鬱症，才逼得他自殺。」他什麼也沒說。

「全是鬧著玩的，」她忽然說，「各方猜測想要取得平衡的蠢蹺蹺板把戲；跟他或是任何真人都無關。你們何必來這裡找我們自尋煩惱？回去白廳，在你們的畫板上尋找更多間諜。」她暫停，憤怒的深色眼珠別無其他情緒。「這是你們的老毛病之一，史邁利先生，」她接著說，從盒子裡取出香菸；「像你們這種人我看多了。頭腦和身體分開，空中閣樓，統治著公文王朝，不帶感情地為這些公文裡的犧牲者帶來毀滅。但有時候，你們的世界和我們的之間，界線不是很完整；檔案會長出頭、手和腳來，那樣的時刻非常可怕，不是嗎？這些名字有家人、有紀錄，還有人性的動機可以解釋可悲的小檔案以及捏造給他們的罪行。一旦事情到了這種地步，我就替你們感到難過。」她稍停一陣子，繼續說下去：

「這就好比國家和人民。國家也是一場夢，一個什麼都不是的符號，有魂無體，在天上追逐浮雲。但國家會製造戰爭，不是嗎，並囚禁人民？在政策的聲明裡作著夢——多麼乾淨！我丈夫和我現在都洗淨了，不是嗎？」她目不轉睛地盯著史邁利，口音這時變得更加明顯。

「你們自稱代表國家，史邁利先生，但你們不配和真正的人民為伍。你們從天上丟下炸彈：別下來這裡看我們流血，別來聽我們哀嚎。」

她沒有提高嗓門，如今瞪著史邁利上方某個遙遠的地方。

「你好像很吃驚。我應該要哭的，我想，但我已經沒有眼淚了，史邁利先生——我的淚流乾了；從我悲慟誕生的東西已經死了。謝謝你跑這一趟，史邁利先生；現在你可以離開了——這裡已經沒有你能幫上忙的。」

他在椅子上向前坐，胖乎乎的手一隻撫著一隻擺在膝蓋上。他顯得緊張兮兮又一本正經，像個在讀經的雜貨店老闆。他的臉皮蒼白，太陽穴與上唇閃亮。唯有眼睛下方才有其他顏色：是半月形的粉紫色，被眼鏡的粗框一分為二。

「是這樣的，芬南夫人；那次面談幾乎只是例行公事。我認為妳的丈夫聊得很開心，我認為面談甚至讓他慶幸總算能擺脫這件事了。」

「這種話，你居然說得出口，怎麼說這種……」

「我說的是真話：為什麼，我們甚至沒在政府辦公室裡聊——我去找他的時候，發現他的辦公室介在另外兩間辦公室之間，人來人往，不方便說話，於是我們到公園去，找一家咖啡店坐下——瞧，幾乎稱不上是調查。我甚至要他別擔心——我是這麼告訴他的。我不明白遺書是怎麼回事——那不……」

「我在想的事情，史邁利先生，與遺書無關。是他對我說過的話。」

「什麼意思？」

「那次面談令他非常沮喪，他這麼告訴我。星期一晚上他回家後，他很絕望，幾乎語無倫次。他癱在椅子上，我勸他上床休息。我給了他一顆鎮定劑，讓他至少睡了半個晚上。隔天早上，他還在講同一件事。到他死之前，他整個人只想著這個。」

樓上電話鈴響。史邁利起身。

「對不起——是我辦公室打來的。我方便去接嗎？」

「電話在前面的臥房，就在這裡的正上方。」

史邁利慢慢上樓，心裡相當迷惘。這下子，他該怎麼向馬斯頓報告才好？

他拎起話筒，自動瞥了一眼電話上的編號。

「沃里斯頓二九四四。」

「這裡是總機。早安。是您預約的八點三十分晨呼。」

「噢——噢，對，非常感謝妳。」

他掛掉電話，慶幸能暫時休息一下。他環視臥房。這是芬南夫婦的臥房，簡樸卻不失舒適。暖爐前擺了兩張扶手椅。史邁利這時想起愛莎戰後曾臥病三年。或許出於那些年留下的習慣，晚上兩人仍會在臥房裡坐著。壁爐兩側的壁龕擺滿了書籍。在最遠的角落，有部打字機擺在一張桌子上。這種陳設讓人感到親密溫馨，也使得史邁利第一次清楚意識到芬南悲劇的死亡。

「是妳的電話。總機打來的八點三十分晨呼。」

他察覺到對方一陣猶豫，於是不帶好奇地瞥了她一眼。然而她偏過頭去，起身望向窗外，纖細的背部直挺挺的，動也不動，僵直的短髮在晨光中顯得深暗。

他突然盯著她猛瞧。他想起了剛才在樓上應該領悟的一件事，一件如此不合常理、一時間他的大腦無法理解的事。他機械化地繼續說話；他得離開這裡，離開電話，離開馬斯頓歇斯底里的問句，離開愛莎．芬南與她陰森、不安的房子。離開，並思考。

「我已經叨擾太久了，芬南夫人，我想我應該聽從妳的建議，回白廳去。」

他再次伸出冰冷虛弱的手，喃喃表達悼念之意，然後去門廳取來外套，步入晨曦。雨勢稍歇，冬陽探頭一陣子，重新以蒼白潮濕的色澤替美樂黛巷的樹木與民宅上色。天空仍呈深灰色，下方的世界則出奇地亮麗，將平白偷來的日光反射回去。

他緩步走上碎石小徑，唯恐被愛莎叫回去。

他回到警察局，腦中淨是糾結煩躁的念頭。一切都因一件小事而起：預約總機晨呼的人並非愛莎・芬南。

4 噴泉咖啡

沃里斯頓的刑調處長司貝羅身型高大，待人和藹，習慣以年資來衡量專業能力，並不認為這麼做有什麼錯。相反的，警探孟鐸爾是位身材細瘦、臉孔有如黃鼠狼的男人，非常迅速地從嘴角吐出話來。史邁利暗中將他比擬為獵場管理員——熟知執掌領域的人，不喜歡不速之客。

「貴局留話給你，請你立刻回電給顧問。」處長以大手指向電話，然後走出沒關的辦公室。孟鐸爾留下來。史邁利以貓頭鷹似的學究表情看了他片刻，打量他。

「關門。」孟鐸爾走向門口，輕聲帶上。

「我想調查一下沃里斯頓的電話總機。跟誰聯絡最合適？」

「通常是助理總機長。總機長老是搞不懂狀況；實際管事的人是助理總機長。」

「美樂黛巷十五號有人請總機在今早八點半打去。我想知道預約晨呼的人是誰，什麼時候交代的；我想知道對方要求的晨呼是不是每天的慣例，如果是的話，我想問清楚細節。」

「知道號碼嗎？」

「沃里斯頓二九四四。用戶是薩謬爾·芬南，我想應該是。」

孟鐸爾走向電話，按下〇。等待回音期間，他對史邁利說：「這件事，你不想讓任何人知道，對吧？」

「對。就連你也不能。這裡頭可能什麼事也沒有。要是我們開始提到凶殺案，我們會……」

孟鐸爾被接到了總機，於是要求找助理總機長。

「這裡是沃里斯頓刑調處，處長辦公室。我們想請教一件事……好，那當然……那就請回撥刑調處的外線，沃里斯頓二四二一。」

他放回話筒，等待總機回撥。「明理的女孩子，」他喃喃說，沒有看史邁利。電話鈴響，他劈頭就說：

「我們正在調查美樂黛巷發生的竊盜案，地址是十八號，歹徒可能利用十五號作為觀察點，觀察對面房裡的動靜。過去二十四小時，沃里斯頓二九四四撥出或接到的所有電話，想麻煩你們查一下，不知道方不方便？」

接著是一陣暫停。孟鐸爾捂住話筒，轉向史邁利，露出極淺的笑容。史邁利突然間開始欣賞他。

「她在問總機的那些女孩，」孟鐸爾說：「她會查一下記錄簿。」他轉回話筒，開始在處長的筆記簿上抄下數字。他倏然怔住，向前倚在辦公桌上。

「噢，對。」他的音調隨意，與態度成對比。「什麼時候預約的？」又是一陣停頓。「……晚上七點五十五分……預約者是男性？接電話的女孩確定嗎？……噢，好，那就好，沒問題了。還是非常感激妳。至少我們現在弄清楚狀況了……不會不會，妳幫了很大的忙……只是理論而已……看來我們得再重新思考一下。好，非常感謝。謝謝妳，請別說出去……再會。」他掛斷，從筆記簿撕下最上面一頁，放進口袋。

史邁利很快地說：「這條路上有家很糟的咖啡館，我想吃點早餐。一起去喝杯咖啡吧。」電話鈴響起，史邁利幾乎能感覺到馬斯頓在電話線另一端。孟鐸爾看了他一下，似乎能理解。兩人沒接電話，快步離開警察局，走到大街上。

噴泉咖啡館（負責人是葛蘿莉亞．艾甸姆小姐）以都鐸風格建造，到處是黃銅馬飾，本地出產的蜂蜜比別間店貴了六便士。艾甸姆小姐親手替顧客倒咖啡，是曼徹斯特以南最難喝的。她稱顧客「我的朋友」。艾甸姆小姐對待朋友不公道，只想敲詐他們，不知怎麼增添了一種艾甸姆小姐亟於保存下來的、業餘的風雅錯覺。她的出身不明，但提到已故的父親時，總以「上校」稱呼。據艾甸姆小姐友人的說法——這份友誼，她的朋友花了大錢才買到——所謂上校，其實是救世軍團❻給他的稱號。

孟鐸爾與史邁利同坐在靠近火爐的角落，等待各自的餐點。孟鐸爾古怪地看著史邁利：「那通電話，總機小姐記得很清楚，是在她值班快結束時打來的，昨晚的七點五十五分，要求今天早上八點三十的晨呼。預約者是芬南本人，總機小姐很確定。」

---

❻ 慈善單位。

「怎麼說？」

「顯然這位芬南先生在耶誕節那天撥到總機，想祝她們所有人耶誕快樂，而當時值班的也是這個女孩子。她可開心了，兩人聊了好一會兒。她確定昨天是同一個聲音打來預約晨呼。『非常有修養的紳士。』她說。」

「但這件事不合理。他在昨晚的十點三十分寫下遺書。八點到十點半之間，究竟發生了什麼事？」

孟鐸爾拎起一個破舊的公事包，上面沒有鎖——比較像是樂譜袋，史邁利想。他從裡頭取出肉色的素面檔案夾，遞給史邁利。「遺書的傳真。處長交代我給你一份。正本準備交給外交部，另一份則直接送到瑪琳．狄崔奇那裡。」

「她又是何方神聖？」

「抱歉，長官。是我們對貴單位顧問取的綽號，長官。特案處的人習慣這麼用，長官。非常抱歉，長官。」

這名字真美，史邁利想，真是美極了。他打開檔案夾，看著傳真。孟鐸爾繼續說：「用打字機寫遺書，我倒是頭一次見到。還註明時間，這也是頭一遭。簽名看來倒沒問題。他以前報失東西時在本局簽過字，我們拿來比對過，一模一樣。」

寫遺書用的打字機，可能是手提式的，與那封匿名信如出一轍。這一封簽有芬南的姓名，字體公整，清晰可辨。信紙最上面印了地址，地址下面則打出日期，日期下面註明時間：晚間十點三十。

親愛的大衛長官，

在幾番遲疑之後，我已決定自我了斷。我無法在心有二主的疑雲下度過餘生。我明白自己的前途已經斷送，了解自己成了拿錢告密之人的犧牲品。

謹此

薩謬爾・芬南

史邁利反覆讀了好幾次，專注得嘴唇噘起、眉頭微微抬高，彷彿感到驚訝。孟鐸爾在問他某件事。

「你怎麼知道的？」

「知道什麼？」

「晨呼。」

「噢，電話是我接的。以為那是找我的。結果不是，是總機打來的晨呼。當時我沒有起疑。你知道，還以為預約的人是她。我下去告訴她。」

「下去？」

「對。他們把電話裝在臥室。其實是臥室兼起居室……她以前行動不方便，之後大概就把臥房當起居室來用吧。另一邊像是書房；有書，有打字機，有書桌之類的東西。」

「打字機？」

「對。手提式的。我猜遺書就是用它打的。不過，我當初接電話的時候，忘記預約晨呼的人不可能是芬南太太。」

「為什麼不可能？」

「她有失眠的毛病——她自個兒告訴我的，還藉此自嘲了一番。我請她去休息，她卻說：『這副身體跟我，每天得忍受對方二十個小時。我們已經比多數人活著的時間還長。』另外還說睡眠是奢侈品，她無福享受——所以，何必請人在八點半叫她起床？」

「那她丈夫又為何請人在八點半晨呼？誰有這種必要？太接近午餐時間了吧——願上帝保佑公家單位。」

「沒錯。這點我也想不通。外交部的上班時間固然晚了點，大概是十點吧，就算晚點上班，八點半才起床的話，要穿衣服、刮鬍子、吃早餐，又要去搭火車，未免太趕。更何況，他的妻子可以叫他起床。」

「失眠的事，可能是她胡謅的，」孟鐸爾說。「女人就是這樣，喜歡抱怨睡不著、偏頭痛之類的事情，讓人以為她們神經緊繃、情緒失調；多半是編出來的。」

史邁利搖頭：「不對，晨呼不可能是她預約的。她十點四十五才回到家。話說回來，就算她記錯了回家的時間，也不可能打了電話卻沒看見丈夫的屍體。你總不會要告訴我，她發現老公死了，第一個反應是上樓打電話、交代晨呼？」

兩人默默喝了一會兒咖啡。

「還有一件事，」孟鐸爾說。

「什麼事？」

「他太太去看戲，十點四十五的時候才回到家，對不對？」

「她是這樣說的。」

「她自己一個人去看戲嗎？」

「不知道。」

「肯定不是。我敢打賭，她這一點**非**說照實說不可，而遺書的時間給了她不在場證明。」

史邁利的心思轉回愛莎．芬南身上，想她的怒氣、她的屈從。以這種方式來談論她未免太荒謬。不對。絕不是愛莎．芬南。不是她。

「屍體是在哪裡發現的？」史邁利問。

「樓梯底。」

「樓梯底？」

「對。斜躺在門廳地板上。左輪壓在身體下面。」

「遺書呢？放在哪裡？」

「身邊的地板上。」

「有沒有其他東西？」

「有。一杯可可，放在起居室裡。」

「好——芬南決定自殺。他請總機早上八點半叫他。泡了一杯可可，放在起居室裡，然後上樓打出遺書，下樓後舉槍自盡，可可沒喝。每件事都接得好好的。」

「是啊。對了，你不是應該打回辦公室嗎？」

他意味深長地看著孟鐸爾。「美好的友誼就是這麼結束的，」他走向投幣式電話，旁邊的門上註明「請迴避」，這時他聽見孟鐸爾說：「我賭你對所有男的都這麼說吧。」他在請總機轉接馬斯頓時，真的在微笑。

馬斯頓想立刻見他。

他走回兩人的桌子。孟鐸爾攪動著另一杯咖啡，彷彿做這件事必須全神貫注。他嘴裡還咬著一個極大的圓麵包。

史邁利站在他身邊。「我得回倫敦了。」

「好吧，終於要把貓兒放進一群鴿子裡了。」他的黃鼠狼臉轉向史邁利。「會吧？」他用嘴的前半部講話，後半部則繼續應付圓麵包。

「如果芬南是被人謀殺的，盡再多力氣阻止媒體報導也沒用，」接著他自言自語：「到時候馬斯頓臉色會很難看。他比較喜歡自殺這個說法。」

「再怎麼說，我們也要面對這個可能性吧。」

史邁利遲疑了一下，用力皺眉。他已經能聽見自己提出疑點時馬斯頓斥責的聲音，以不耐煩的口氣嘲笑他的說法。「我不知道，」他說，「我真的不知道。」

回倫敦吧，他心想，回馬斯頓的理想之家吧，回到交相指責的場面吧。回到以三頁報告總結一場人類悲劇的荒謬現實吧。

又開始下雨了，現在下的是毫不間歇的暖雨，從噴泉咖啡館到警察局的短短路上，他已經全身濕透。他脫下外套，扔進車子後座。能離開沃里斯頓讓他鬆一口氣——即使得回去倫敦。他正要轉進大馬路，眼角瞟見孟鐸爾，正以沉穩的步伐吃力地走在通往警局的人行道上，灰色氈帽被雨水打成黑色，原形盡失。史邁利剛才沒想到他可能需要搭個便車一起回倫敦，感到過意不去。而孟鐸爾，沒怎麼受這微妙的局面所困擾，打開乘客座的車門上車。

「運氣不錯，」他說。「我討厭坐火車。你要去圓場對吧？可以順路送我到西敏寺大道嗎？」

出發後，孟鐸爾拿出一個寒酸的綠色菸草盒，替自己捲了根菸。他正要放進嘴裡，卻改變心意，遞給史邁利，並替他點火。他的打火機很特別，吐出高達兩吋的藍色火苗。「你看起來擔心得要命，」孟鐸爾說。

「是很擔心沒錯。」

兩人停頓了一下。孟鐸爾說：「你不知道的東西，才會帶來真正的麻煩。」

兩人繼續開了四、五哩，這時史邁利靠邊停下，轉向孟鐸爾。

「回沃里斯頓一下，你該不會介意吧？」

「好主意。去找她問個清楚。」

他讓車子調頭，慢慢地駛回沃里斯頓，回到美樂黛巷，讓孟鐸爾在車上等著，逕自走上熟悉的砂石步道。

愛莎開門，不吭一聲帶他進入起居室。她身穿同一件洋裝，史邁利納悶著他離開後她是如何打發時間的。

她是在房子裡走來走去，或是在起居室裡坐著，一動也不動？或者上樓回到擺著皮椅的臥房？她怎麼看待自己新寡的身分？她終於能認真看待這件事，或是在喪夫之慟後立即進入那種神秘的昇華狀態？仍會看著鏡子裡的自己，試著找出哪裡變得不一樣，或是自己臉上的恐懼，並在什麼也找不出之後嚶嚶啜泣？

兩人都不願坐下──本能地避免重複今晨的動作。

「有件事我覺得非請教不可，芬南夫人。又上門打擾，真的很抱歉。」

「想問那通電話，是吧；那通總機打來的晨呼。」

「對。」

「我就知道你會想不透，失眠的人怎麼會要求晨呼。」她盡量以爽朗的口吻說。

「對。的確有點怪。妳經常去劇場嗎？」

「對。兩個禮拜一次。我是衛橋劇團的會員。他們一有新戲碼，我會盡量去看。我預約過，每次推出新戲的第一個星期二，他們會自動替我保留座位。星期二我先生加班，所以從來不去看；他只喜歡看古典劇。」

「可是他喜歡看布萊希特❼不是嗎？柏林人劇團來倫敦公演時，他好像很高興。」

她注視他一會兒，然後突然微笑——是史邁利首次見到她展現笑容，很迷人，整張臉頓時如女童般發亮。

史邁利腦海閃過愛莎・芬南童年的景象。高瘦、靈敏、作風如小男生，就像桑治・桑❽筆下的「嬌小法岱特」，一半是女人，另一半是伶牙俐齒、愛說謊的女孩。他看見愛莎是個懂得甜言蜜語的少女，如貓般張牙舞爪，只顧求個人生存；他也看見她在集中營裡挨餓蜷縮，為了求生存不擇手段。在她的笑顏中，可以看出童真的光彩，以及求生時使用的鋼鐵武器，令人看了悲哀。

「那通電話，我能解釋，不過解釋起來恐怕很好笑，」她說。「我的記性奇差——真的非常差。

---

❼ Brecht, 1898-1956，德國劇作家。

❽ George Sand, 1804-1876，法國女作家。

上街買東西時，會忘記想買什麼；在電話上約人見面，一放下聽筒就忘得一乾二淨；請人來我們家度週末，客人來的時候我們卻不在家。偶爾有事情非記住不可，我會打給總機，請他們在約定時間前幾分鐘打來。就像用手帕打結記事。可惜打結也不比打電話靈光，你說是吧？」

史邁利盯著她看。他的喉嚨很乾燥，開口前非嚥下口水不可。

「芬南夫人，那麼這通電話的目的是什麼？」

她再次展現迷人的微笑：「就說吧，我完全記不得了。」

5 馬斯頓與燭光

史邁利緩緩駛回倫敦的途中，完全忘了孟鐸爾的存在。

曾經有段時間，光是開車就能讓他如釋重負。有事操煩時，獨自開車走遠路能紓解他的思緒，連續數小時駕車所產生的疲憊感，讓他能忘卻更加令人沮喪的憂慮。

或許是標誌著中年的微妙里程碑，他再也無法以開車來平息心中的紛擾。現在需要更嚴厲的方式：他有時甚至試著在腦袋裡想像自己走過一座歐洲城市——記錄路過的店家與建築，例如假想人在瑞士的伯恩，從蒙斯特大教堂走到大學。儘管是如此費力的大腦運動，眼前的時光仍陰魂不散，不時入侵他的想像世界、驅走他的白日夢。奪走心中寧靜的人是安恩；曾讓眼前時光如此重要的人是安恩，也是安恩教導他養成看重現實的習慣。如今她一走，一切化為烏有。

他無法相信愛莎·芬南殺了丈夫。對她人生中的寶物，她的本能是捍衛、囤積，在四周建構正常生活的象徵。她這個人沒有野心，除了生存的願望之外別無其他。

但誰又說得準？赫塞是怎麼寫的？「每人皆在迷霧中漫遊無主，人人皆落單；每株樹皆不識左鄰右舍，株株皆落單。」我們對彼此一無所知，史邁利沉思著。住得再接近，日或夜無論何時欲探求對方最深層的想法，我們依舊什麼也挖不出來。我又怎能評判愛莎．芬南？我自認能體會她的傷痛，體會她受驚之餘撒的謊，但我對她的為人又知道多少？什麼都不知道。

孟鐸爾指向一面路標。

「……我就住那邊。米察姆，地段其實不賴。厭倦單身公寓了，買了還像樣的半連棟小屋。準備退休用。」

「退休？還早吧？」

「早個頭，三天之後。所以我才找這份差事。不麻煩；不會節外生枝。給老孟鐸爾就好；有了他，準能搞砸一切。」

「原來如此啊。看來到了下星期一，我們兩個都要成無業遊民了。」

他送孟鐸爾到蘇格蘭警場，自己繼續駛往圓場。

一走進大樓，他就明白大家全知道了。因為他們的眼神；他們的目光及態度中有著些許不同。他直接走去馬斯頓的辦公室。馬斯頓的祕書坐在辦公桌前，一見他進門便很快抬起頭來。

「顧問在嗎？」

「在。他在等你。裡面只有他。敲門就可以進去了。」但馬斯頓已經打開門，叫他進去。馬斯頓身穿黑色外套與細條紋長褲。歌舞秀即將登場，史邁利想。

「我一直想連絡你。難道沒收到我的留言？」馬斯頓說。

「有，可是一直沒辦法講電話。」

「怎麼說？」

「我不相信芬南是自殺——我認為他是被人謀殺的。在電話上不方便講。」

馬斯頓摘下眼鏡，以茫然又詫異的眼神望著史邁利。

「謀殺？怎麼說？」

「如果遺書上的時間確定無誤，芬南是在昨晚十點半寫下遺書。」

「那又怎樣？」

「他在七點五十五分時撥電話給總機，請他們隔天早上八點半打電話給他。」

「你又是怎麼知道的？」

「早上總機打來時，我正好在他家，還以為是軍情局打來的，所以過去接聽。」

「預約晨呼的人，你如何確定是芬南？」

「我做過一番調查。總機小姐認得芬南的聲音，肯定是他沒錯；昨晚七點五十五分時打的。」

「芬南跟總機小姐認識嗎？」

「當然不。只是偶爾會問候對方罷了。」

「那你又怎麼能因此斷定他是被謀殺的？」

「這通晨呼，我問過他太太……」

「她怎麼說？」

「她說謊。說是她自己預約的。她自稱記性很差，還說偶爾有要事約人見面時，會請總機打電話來，就像在手帕上打結記事。另外，芬南開槍自殺前泡了一杯可可，卻一口也沒喝。」

馬斯頓默默聆聽，最後露出微笑，站起身來。

「我們兩人好像往反方向走，」他說。「我派你去了解芬南為何自殺，你卻回來說他不是自殺的。史邁利啊，我們可不是警察。」

「對。我們究竟算什麼，有時候連我自己也納悶。」

「有沒有問出可能影響我們立場的事情？到底有沒有線索能解釋他的行為？有沒有證據能佐證自殺遺書的內容？」

史邁利猶豫了一下才回答。他早知馬斯頓會這樣問。

「有。根據芬南夫人的說法，面談之後她丈夫非常沮喪。」他也該聽這整套說法。「他想得發狂，晚上睡不著覺，所以芬南夫人讓他吃鎮定劑。根據她的描述，面談之後芬南的反應完全符合遺書的說法。」他沉默了一分鐘，在馬斯頓眼前呆呆地眨眼。「我想說的是，我不相信她。我不相信那封遺書是出自芬南之手，也不相信他有求死的意圖。」他轉向馬斯頓。「這當中破綻百出，我們不能當作沒看見。還有一件事，」他奮勇向前，「我還沒找專家比對過，不過匿名檢舉信和芬南的遺書有相似之處。打字的字體看起來一模一樣。說來很荒唐，不過事實就擺在眼前。非找警察來處理不可——把這些事實給他們。」

「事實?」馬斯頓說。「什麼事實?假設她說謊好了,從各方面看,她都是個怪女人,外國人、猶太裔。腦袋裡裝什麼東西,只有天知道。聽說大戰期間她吃過苦,被迫害之類的。她可能把你當作前來迫害她的人、想調查她;她看出你動了歪腦筋,一時心慌,腦子裡想到什麼謊話立刻就說了出來。可以因此就認定她是殺人凶手嗎?」

「那麼芬南為什麼要預約晨呼?為什麼替自己沖泡睡前飲料?」

「誰知道?」馬斯頓的嗓音現在變得較渾厚,更有說服力。「史邁利,我倆都沒走過自我了斷的絕路,怎能體會在世最後一刻會怎麼想?怎麼能知道芬南自殺時在想什麼?他自知前途被毀了,人生已經沒有意義,一時軟弱或拿不定主意,想聽聽人聲,想在死前感受人情溫暖,這種念頭不難理解吧?想像力太豐富,太濫情,或許吧;不過對悲憤異常、一心只想自盡的人來說,並不是不可能。」

史邁利不得不佩服他——多麼漂亮的一場演出,馬斯頓演技精湛,自己在這方面不是馬斯頓的對手。剎那間,他感到心裡湧上一股挫折恐慌,難以按捺。隨恐慌而來的是無從控制的怒火,生氣的對象是這個頭髮半花白、微笑得合情合理的男人,這個矯揉造作的馬屁精,這個作賤自己的娘娘腔。恐慌與怒火霎然襲上心頭,漲滿胸腔、灌滿全身。他覺得臉上一陣熱一陣紅,眼鏡起霧,淚水湧上眼眶,更加深了他的羞辱感。

幸好馬斯頓沒察覺,繼續說道:「總不能指望我拿這證據向內政大臣暗示,說警方下錯了結論吧。你也知道，我們跟警方的關係有多薄弱。從一方面來說，你有你的疑點，認為芬南昨晚的行徑不符合求死的意圖。他的妻子顯然欺騙了你。反過來說，訓練有素的警探提出的看法是，沒有發現死亡的狀況有何詭異之處，而且芬南夫人供說，她的丈夫因面談而情緒低落。對不起了，史邁利，但這件事就到此為止。」

一陣全然的靜默。史邁利慢慢平復心情，其間他麻木、難以言語。他凝視眼前不遠處，狀似麵團、滿是皺紋的臉仍微微脹紅，嘴唇微啟，模樣呆滯。馬斯頓等他說話，但史邁利累了，突然間發言的興趣盡失。他一眼也不看馬斯頓，起身離開。

他來到自己的辦公室，在辦公桌前坐下。他機械化地翻閱辦公文件。收件匣裡堆的東西不多，有幾份公文，一份寄給國防部史邁利閣下的私人信件。這人的字跡不太熟悉；他打開信封，閱讀內容。

親愛的史邁利，

請明天務必同我共進午餐，地點是馬洛的完全釣手餐廳。請盡可能在一點與我見面。有事相商。

謹此

薩謬爾・芬南

這封手寫的信，日期註明為昨天，亦即元月三日星期二。郵戳地點是白廳，時間是下午六點。

他茫然看了幾分鐘，僵直的手將信握在眼前，頭向左一偏，然後放下這封信，打開辦公桌抽屜，取出一張白紙，寫了簡短的辭職信給馬斯頓，並以別針附上芬南的午餐邀約。他按下電鈴找祕書，將信件留在寄件匣，接著往電梯走去。一如往常，電梯卡在地下室，等著登錄處的茶點推車上樓。他等了一小段時間，開始走樓梯下去。半路，他想起防水衣以及一些小東西還留在辦公室。算了，他想，以後他們會送來。

他坐在停車場的車上，凝視著濕答答的擋風玻璃外頭。

他不在意，他就是絲毫不在意。他當然很訝異。訝異的是，他居然差點大發雷霆。面談在史邁利的人生中占有很大的一部分，他很早就自認能應付各種面談：懲紀、學術、醫學、宗教，他都得心應手。他本性愛好隱私，痛恨所有面談的目的，痛恨面談壓榨親密關係，痛恨無法逃避的現實。他記得有次在夸葛立諾餐廳與安恩共進晚餐，盡興得開始胡言亂語起來，對她描述對付面談者的絕招：「變色龍—穿山甲」手段。

餐桌上點著燭光；雪白的肌膚與珍珠；飲料是白蘭地；安恩的眼睛睜大而濕潤，眼裡只有他一人；史邁利這情人的角色扮演得極為稱職；安恩愛著他，訝異兩人竟如此合拍。

「……就這樣，我學會了，首先要扮變色龍。」

「你是說，就坐著打嗝兒嗎？你這無禮的蟾蜍……」

「不對，跟顏色有關。變色龍會改變身上的顏色。」

「那當然了。坐在綠葉上，身體就變綠色。蟾蜍，你變綠了嗎？」

他的手指輕輕掠過她的指尖。「聽我說明，小騷包，看史邁利如何用變色龍—穿山甲的技術對付最難纏的面談者。」她的臉極為貼近史邁利的，以雙眼崇拜他。

「這套技巧的理論根據是，面談者再怎麼欣賞別人，也比不上欣賞自己，因此會受到自己的形象吸引。受訪者因此可以模仿面談者的顏色，模仿社交、性情、政治、智識等層面。」

「愛說大話的蟾蜍。卻是聰明的情人。」

「別插嘴。有時候，由於面談者生性駑鈍或個性怪異，這招起不了作用，這樣的話，就要變成穿山甲。」

「並披上鐵甲嗎，蟾蜍？」

「不對，是把他放到落差極大的另一個位置，讓你能高出他一等。我已經準備好接受退休主教為我進行堅信禮。我是他的全體信眾，半個假日所獲得的指點足夠讓整個教區受用無窮。不過我注視著主教的臉，把他想像成臉上布滿濃密毛髮的人，藉此維持優勢地位。之後技巧跟著成長。我可以把他變成人猿，把他卡在雙懸窗，讓他一絲不掛去參加石匠工會的宴席，將他變成蟒蛇在地上爬……」

「你這個情人蟾蜍**好壞**喲。」

當晚的情況就是如此。但最近與馬斯頓面談時，置身事外的能力已離他而去；他介入得太深了。馬斯頓出第一招時，史邁利過於疲倦，過於厭惡，無法接招。他假設愛莎．芬南殺夫，假設她有充分的理由，只是他已經不想管了。問題已經不存在了；疑點、經驗、認知、常識——對馬斯頓而言，這些都不是事實的一部分。信紙是事實，部長是事實，內政大臣更是確鑿的事實。單獨一名部屬提出模糊的印象，卻與政策相左，軍情局才無暇處理。

史邁利好累，打從心底疲倦，累得沉重。他慢慢開車回家。今晚上館子。找特別一點的餐廳。現在只是午餐時間——整個下午，他會拿來做一趟漢撒同盟之旅，橫越俄羅斯大陸追尋奧立瑞亞斯。然後到夸葛立諾用餐，單獨舉杯，敬殺人得逞的凶手，也許敬敬愛莎吧，感激她以芬南的性命斷送了喬治．史邁利的職場前途。

他記得去史隆街領回送洗衣物，最後轉進水濱街，找到停車位，距離他的住處大約三棟房子外。他捧著洗衣店的褐色紙包，吃力地鎖上車子，習慣性地繞到另一邊拉拉把手。天空仍飄著細雨。又有人停在他家前面，惹得他心煩。謝天謝地，房東太太記得替他關上臥房窗戶，否則這場雨一定……

他忽然心驚。有東西在他起居室裡移動。是個隱約的影子，呈人類形狀；他敢肯定，絕對有東西。是視覺或是直覺？是本職學能的潛在技巧點醒了他嗎？某種細微的感官或神經，某種冥冥之中的知覺這時對他發出警訊，而他也接收下來。

他沒有多想便將鑰匙放回大衣口袋，走上階梯來到自家前門，按下電鈴。

尖銳的鈴聲在屋裡迴盪。片刻寂靜後，史邁利聽見明顯的腳步聲朝門口走來，堅定而且自信。門鏈摩擦聲，英格索牌門栓發出喀嚓聲，房門應聲敞開，迅速又俐落。

史邁利從沒見過這人。英挺、金髮，年齡不過三十五歲，身穿淡灰色西裝、白襯衫、銀色領帶——套句法文來說，就是一身外交官的打扮。德國人或是瑞典人。左手若無其事地留在夾克口袋裡。

史邁利看著他，面帶歉意：「午安。請問史邁利先生在家嗎？」

房門敞開至極限。對方短暫猶豫了一會兒。

「在。你不進來嗎？」

史邁利遲疑了不到一秒。「不用了，謝謝。能不能請你把這東西交給他？」他遞過去送洗衣物的包裹，重又走下臺階，往自己的車子去。他知道對方仍在看他。他發動車子引擎，轉彎駛進史隆廣場，一眼也沒有朝自家的方向瞟去。他在史隆街上找到停車位，停妥後趕緊在日記上記下七組數字。是停在水濱街上那七輛車的車牌。

怎麼辦才好？攔住警察報警嗎？無論那人是誰，現在大概已經不知逃到哪兒去了。此外，還有其他必須考量的因素。他再度鎖上車子，到馬路對面的電話亭，撥給蘇格蘭警場，接通到特案處，請孟鐸爾警探聽電話。但孟鐸爾顯然已經向處長回報過，偷偷期待著退休的樂趣，回到米察姆享福去了。用盡各種藉口後，史邁利總算取得他的地址，立即趕往座車，繞過廣場的三邊，來到艾伯特橋。他光顧一家能俯瞰泰晤士河的新酒館，吃了一個三明治，喝下一大杯威士忌。十五分鐘後，他過橋前往米察姆，雨水仍打在這輛不起眼的小車上。他很擔心，真的是憂心忡忡。

6 茶水與同情

抵達孟鐸爾家時，雨仍下個不停。孟鐸爾人在花園裡，頭戴史邁利見過最奇特的帽子。這頂帽子原先是澳紐軍團帽，但如今寬大的帽緣低垂，讓他活像一朵高大無比的草菇。他站在樹木的殘幹上沉思，一把相貌猙獰的十字鎬順從地躺在他筋肉糾結的右手中。

他銳利地盯著史邁利看了片刻，瘦臉徐徐泛起淺笑，一面伸出一隻手。

「麻煩事，」孟鐸爾說。

「麻煩事。」

史邁利跟著他踏上步道走進他家。郊區風格，舒適宜人。

「客廳沒生爐火，因為剛回到家。不如到廚房喝杯茶吧。」

兩人走進廚房。史邁利注意到一切都極為整潔，所有東西幾乎帶有女性般的乾淨雅緻。唯有牆上的警察月曆破壞了這種假象。孟鐸爾燒起開水，忙著取出茶杯與茶盤，史邁利則以不帶感情的口吻敘述水濱街的事由。當他說完，孟鐸爾默默注視他良久。

「可是他為何邀你進門？」

史邁利眨眨眼，臉上稍稍恢復了顏色。「我也在納悶。害我一時反應不過來。幸好我捧著送洗衣物。」

他喝下一口茶。「只不過，我不認為他被那包衣服騙了。也許他有，不過我很懷疑。我非常懷疑。」

「他沒被騙嗎？」

「這麼說吧，我就不會被騙。一個矮個子男人開福特車送來洗好的衣服。我還能是誰？此外，我先是想找史邁利，後來又不想見他——那人肯定會認為這很不對勁。」

「可是，他想做什麼？他想對你做什麼？他以為你是誰？」

「重點就在這裡。我認為他在等的人是我，不過他當然沒料到我會按電鈴。我害他一時反應不過來。我認為他想殺我，所以才請我進門；他隱約認出我的模樣，大概是看過照片。」

孟鐸爾默默看著他一陣子。

「天啊，」他說。

「假設我這樣推測沒錯，」史邁利繼續說，「假設芬南昨晚的確遭人謀殺，我今天早上差點也步上後塵。我這一行啊，跟你那一行不太一樣，通常不會每天碰到一樁凶殺案。」

「所以這是什麼意思？」

「我不知道。我真的不知道。也許在我們進一步調查之前，幫我查一下這幾輛車的車牌號碼。這些車今天早上停在水濱街。」

「為何不自己去查？」

史邁利望著他一秒鐘，一臉不解。隨後才恍然大悟，原來沒向他提及辭職一事。

「對不起。我忘了跟你說。我今天早上辭職了。趁我被炒魷魚之前遞出辭呈。所以我現在跟空氣一樣自由。大概也一樣適合找工作。」

孟鐸爾從他手中接過寫了幾組號碼的紙張，走進門廳打電話。兩分鐘後他走回來。

「一個鐘頭後會回電，」他說。「來吧。我帶你參觀寒舍。你對蜜蜂了解多少？」

「蜜蜂嘛，了解得極少。在牛津的時候，我被自然史這隻蟲咬過。」他想告訴孟鐸爾當時研究的經過。他曾潛心研讀哥德的動植物形變，希望效法浮士德，發掘出「世界最深處令它永續的東西」。他想解釋的是，若想了解十九世紀的歐洲，必須先搞懂與大自然相關的學科。他感到躍躍欲試，腦袋裡充滿了重要的想法，而且心底知道這是因為今晨那令他百思不解的事件，所以他才處於一種精神緊張、亢奮的狀態。他的掌心冒汗。

孟鐸爾帶他走出後門：花園盡頭的低磚牆邊，整齊擺著三箱蜂窩。兩人站在細雨中，孟鐸爾開口，「老早就想養養看，了解一下箇中樂趣。相關的書一直都有在看，把我嚇得不敢妄動。可惡的小東西。」他點頭兩、三次以示支持這番論調，史邁利再次充滿興趣地注視他。他的臉雖瘦，肌肉卻發達，表情完全傳達不出訊息；鐵灰色的頭髮剪得非常短，朝天直豎。他對天氣漠不關心，而天氣也完全影響不了他。孟鐸爾過去過的是什麼樣的生活，史邁利知道，因為他見過全世界的警察，同樣具有如獸皮般老皺的肌膚，同樣耐心、內斂、憤世嫉俗、憤怒。他能想像，在各種天候中長時間跟監卻無結果，守候一個可能永遠不會出現、或者出現得過早的人。而史邁利也清楚，孟鐸爾與其他警察一樣，都要視歹徒個性應變，有時要表現得陰險狡詐、仗勢欺人，有時緊張善變，偶爾也要露出睿智、同情的一面。他知道再聰明的人也可能被愚昧的上司擊垮，多週以來日夜耐心工作的成果，也可能被這樣的上司棄如敝屣。

孟鐸爾帶他往蜂窩前進，走在不牢靠的碎石子小徑上。他無視雨水，開始撥開一個蜂窩，講解給史邁利聽。他講得斷斷續續，兩句話之間停頓很久，以修長的手指慢慢指出確切的地方。

兩人總算回到屋內，孟鐸爾帶他參觀樓下兩個房間。起居室裡到處是花朵——窗簾與地毯以花為圖案，家具的表面也是。角落裡擺了一個小櫥櫃，裡頭收藏了一些胖老頭啤酒杯，以及兩把非常耐看的手槍，旁邊是一只當靶用的杯子。

史邁利跟著他上樓。歇腳處的爐子散發出石蠟的氣味，洗手間的水槽發出陰沉的冒泡聲。

孟鐸爾帶他參觀自己的臥房。

「新娘的閨房。這床是大減價時買的，一英鎊。彈簧床墊。能買到什麼東西，說來也令人驚訝。地毯以前是依莉莎白女皇的。他們每年換一次地毯。我在沃特福（Watford）的一間店買的。」

史邁利站在門口，感到有點尷尬。孟鐸爾轉身，走過他身邊，打開另一道臥房門。

「這是你的房間。如果你想待下來的話。」他轉向史邁利。「如果我是你，今晚我不會回住處。會發生什麼事很難預料，對吧？而且睡在這裡比較舒服。空氣比較好。」

史邁利正要抗議。

「隨你便。你自己決定。」孟鐸爾的臉色一沉，覺得不好意思。「老實說，你的工作是什麼，我也不清楚，就跟你不懂警察的工作一樣。隨你便吧。就我對你的認識，你應該可以照顧自己。」

兩人再次下樓。孟鐸爾事先點燃了起居室的暖爐。

「好吧，至少今天晚餐讓我請客，」史邁利說。

門廳的電話鈴響。是孟鐸爾的祕書，回報汽車牌號的調查結果。

孟鐸爾走回來，遞給史邁利一張紙，列出七個車主姓名與地址。其中四個不必列入考慮，因為登記住址都在水濱街。只剩下三個：巴特西（Battersea）的亞當・司卡俄父子公司的出租汽車；伊斯伯恩（Eastbourne）的瑟文磁磚公司的公務廂型車；最後一輛則是巴拿馬大使的專屬座車。

「巴拿馬這一輛，我已經找人去查了。一點也不難查出來，他們的大使館總共只有三輛車。

「巴特西離這裡不遠，」孟鐸爾繼續說。「不妨一起過去看看。開你的車。」

「沒問題，沒問題，」史邁利連忙說，「晚餐一起去肯辛頓吃。我這就跟舞姿餐廳訂張桌子。」

現在是下午四點。兩人坐著聊了一會兒，天南地北聊著養蜂與家務事。孟鐸爾一派輕鬆，史邁利仍舊心煩意亂又彆扭，想找到一種聊天的方式，想盡量別耍小聰明。他猜得出來安恩會怎麼說孟鐸爾。她會很喜歡孟鐸爾，塑造他這個人，用一種特殊的聲音與表情模仿他，替他編一套故事直到他符合兩人的生活，再也不是一團謎：「親愛的，他居然這麼和氣，誰料得到呢！居然可以從他嘴裡聽到哪裡可以買便宜的魚肉。而且，小房子布置得多麼可愛——無所謂——他一定知道胖老頭啤酒杯見不得人，只是他也不在乎。我覺得他是個討人喜歡的傢伙。蟾蜍，請他一起吃頓晚餐嘛。非請不可。不要只是對著他嗤嗤笑，而是欣賞他。」當然，他不會請孟鐸爾共進三人晚餐，但安恩會心滿意足——她已經找到欣賞他的方式。做了這一切之後，就可以忘了他。

其實，這正是史邁利想做的事——找出欣賞孟鐸爾的角度。這一方面，他的反應不比安恩來得明快。但安恩就是安恩，有次一位伊頓公學出身的外甥吃魚配紅酒，差點被她殺了，然而假如孟鐸爾享用她煎的香甜可麗餅時，一邊抽著菸斗，她大概會視而不見。

孟鐸爾再泡一些茶，兩人啜飲著。五點過一刻，他們坐史邁利的車前往巴特西。孟鐸爾在路上買了份晚報，湊著街燈的光線吃力地閱讀。過了幾分鐘，他忽然以惡毒的語氣說：「德國佬。**可惡的**德國佬。天啊，我痛恨他們！」

「德國佬？」

「德國佬。匈奴大兵。傑瑞。❾可惡的德國人。整批賣我六便士，我也不要。該死的嗜血綿羊。又在整猶太人了。整我們全部。打得他們滿地找牙，全關起來。寬恕並遺忘。幹麼遺忘呢？只因為好幾百萬人幹下搶奪、殺人、姦淫的勾當，就不算犯罪嗎？天啊，可憐的銀行小職員暗槓了十先令，倫敦大都會警察就全力追緝。而德國佬那堆土匪呢？哎，算了吧。天啊，要我是住在德國的猶太人，我就……」

史邁利陡然驚醒：「你就怎樣？孟鐸爾，你會怎樣？」

「噢，大概會坐下來等死吧。現在都成了統計數字；政治啊。給他們氫彈不合道理，所以這是政治問題。還有老美——美國有好幾百萬個猶太人。他們做了什麼？全都該死。竟然替德國佬添炸彈。稱兄道弟的——互相炸得亂七八糟。」

孟鐸爾氣得直發抖，史邁利默不作聲一會兒，心裡想著愛莎．芬南。

「所以答案是什麼？」他問，只是沒話找話說。

「只有老天知道，」孟鐸爾惡狠狠地說。

車子轉進巴特西橋路，朝站在人行道上的警察靠過去。孟鐸爾出示警察識別證。

「司卡俄的修車廠？其實說不上是修車廠啦，只是一個堆雜物的空地。多半處理廢鐵和二手車。如果這個人用不上，總會有人認為有用，亞當就這麼講。威爾斯親王大道一直走，直到你看見一間醫院。它就擠在兩棟活動房屋中間。活像被炸彈炸過。老亞當在上面鋪了一些煤渣，也沒人趕他走。」

「你好像很清楚他的事，」孟鐸爾說。

「那當然，因為我逮捕過他幾次。所有的法條，亞當沒犯過的寥寥無幾。他呀，是這一帶的慣犯。」

「原來。目前他有案在身嗎？」

---

❾ 都是對德國人的損語。

「很難講，長官。不過，想抓他的話，隨時可用違法簽賭的罪名逮捕。而且啊，法律老早已經為亞當準備好了。」

兩人駛往巴特西醫院。右邊的公園位於街燈後方，顯得漆黑凶險。

「法律為他準備好了是什麼意思？」史邁利問。

「噢，開玩笑而已啦。意思是前科多到適用『防範式拘禁法案』，可以關上幾年。看來他很合我胃口，」孟鐸爾接著說。「交給我處理。」

他們在警官描述的地點找到那個院子，就夾在兩棟破敗的活動房屋之間，兩旁是一列林立在轟炸區的散亂營舍。瓦礫、缸磚、垃圾散落各處。石棉瓦片、木柴、舊鐵塊，照理說是司卡俄先生收購來轉售或改進的，全堆在角落，較遠處的活動房屋發出的微光照亮這堆雜物。兩人靜靜環視四周一陣子，隨後孟鐸爾聳聳肩，將兩指插進嘴裡，吹出尖銳的哨聲。

「司卡俄！」他呼喊。沒有回應。較遠處的活動房屋外面的電燈亮起，三、四輛戰前的汽車頓時變得依稀可見，破敗程度不一。

房門緩緩開啟，一個年約十二歲的女童站在門檻上。

「老爸在嗎，小朋友？」孟鐸爾問。

「不在。去浪了，我猜。」

「真乖。多謝了。」

兩人走回路面。

「去浪了，什麼意思，可以請教一下嗎？」史邁利問。

「浪子。附近的一家小酒館。走幾步路就到——一百碼外而已。車子留在這裡吧。」

酒館剛開門。公眾吧臺空無一人，兩人等待店東現身之際，店門打開，來人是身穿黑西裝的大胖子。他直接走向吧臺，拿半克郎猛敲檯面。

「威夫，」他大喊。「別再自摸了，客人上門了啦，算你走運。」他轉向史邁利：「晚安，朋友。」

酒館後面有人應聲：「叫他們把錢放在櫃檯上，待會兒再來。」

胖子面無表情看著孟鐸爾與史邁利片刻，隨後突然縱聲大笑：「威夫，他們不想走。他們是偵探啊！」他自認好笑，笑到不得不到牆邊的長椅坐下，雙手握膝，笑得肥厚的肩膀上下振動，淚水流下臉頰，嘴裡不時冒出「哇真好笑，真好笑。」喘了一口氣後繼續狂笑一陣。

史邁利興味盎然地打量他。他穿的是圓邊的白襯衫，僵硬又骯髒，有小花的紅領帶精心固定在黑背心外，腳上的陸軍靴與身上油亮的黑西裝，已經磨到露出線頭，長褲則沒有一絲皺摺。襯衫袖口被汗水、污泥、機油染黑，再以扭成結的迴紋針固定。

店東出來招呼客人。胖子點了一大杯威士忌攙薑汁甜酒，立刻端到雅座酒吧去。那裡生了一盆炭火。店東以不認同的表情看著。

「他一貫的作風，小氣鬼。不願付雅座的錢，卻喜歡炭火。」

「他是誰？」孟鐸爾問。

「他？姓司卡俄。全名亞當．司卡俄。怎麼會取亞當這名字，只有耶穌知道。在伊甸園看見他，只會覺得醜得要命。這一帶的人說，如果夏娃給他蘋果，他會連核帶骨啃得精光。」店東嘖嘖出聲，搖搖頭，隨後向司卡俄大喊。「不過你生意還是不錯，對不對啊，亞當？他們大老遠過來找你呢，對不對啊？你就像外太空來的青少年怪獸。來看喲。亞當．司卡俄：看一眼，保證發誓戒酒。」

又是縱聲狂笑。

孟鐸爾倚向史邁利。「你回車上等我——最好別插手。有沒有小五？」

史邁利從皮夾取出五英鎊給他，點頭表示同意，然後走出酒館。他想像不出比對付司卡俄更嚇人的事。

★

「你是司卡俄？」孟鐸爾說。

「朋友，沒錯。」

「TRX0891，是你的車嗎？」

司卡俄先生對著威士忌與薑汁甜酒皺眉。這問題似乎令他感傷。

「是嗎？」孟鐸爾說。

「以前是，老哥，以前是。」

「講明白一點不行嗎？」

司卡俄揚起右手幾吋，然後輕輕落下。「我看見黑水，老哥，濁水。」

「聽好，老爺我還有江洋大盜等著去抓，沒時間陪你這個小角色玩水晶球。你搞什麼詐財把戲，我管不著。車子在哪兒？」

司卡俄似乎考量著此話的真實性。「朋友，我看見光芒了。你想求的是情報。」

「廢話少說。」

「老哥，時運不濟呀，生活費嘛，居高不下。情報這東西是商品，可買可賣，不是嗎？」

「車租給誰，說出來你就餓不著。」

「朋友，我現在又不挨餓。只想吃得更好。」

「小五。」

司卡俄喝乾調酒，酒杯放回桌上，發出很大的聲響。孟鐸爾起身請他再喝一杯。

「被偷了，」司卡俄說。「我自己開了幾年。為了保金。」

「為了**什麼**？」

「保金，保證金啦。有人想租車一天，先收二十英鎊鈔票當押金，車子開回來後付四十先令，對吧？然後開給他三十八英鎊的支票，在收支簿上當作紅字，一來一往就淨賺小十。懂了嗎？」

孟鐸爾點頭。

「三個禮拜前，來了一個很高的蘇格蘭人，有錢人。拄著枴杖。他付了保證金，開走車子，後來連人帶車全不見了。強盜嘛。」

「怎麼不報警？」

司卡俄猶豫了一下，喝了一口酒。他以傷心的表情看著孟鐸爾。

「基於多項因素，不宜報警啊，老哥。」

「意思是，那車是你偷來的？」

司卡俄面露震驚。「自從得到車子以後，我就聽到賣方一些不幸的傳言。我不會再多說了，」他虔誠地補上最後一句。

「出租車子的時候，他有沒有填什麼表格？保險啦，收據啦之類的東西。放在哪裡？」

「假的，全是假的。他寫一個在伊令區（Ealing）的住址。我去找過，結果根本不存在。肯定連姓名也是瞎掰的。」

孟鐸爾在口袋裡捲起鈔票，遞給桌子對面的司卡俄。司卡俄打開鈔票，旁若無人地數了起來。

「我知道上哪裡可以找到你，」孟鐸爾說；「對你的底細我也知道一些。要是我剛才買到的消息是胡謅的，看我不扭斷你的狗脖子。」

★

又是雨天，史邁利怪自己沒戴帽子。他穿越馬路，走進司卡俄修車廠的巷子，往自己的車子走去。巷子裡一個人也沒有，靜得出奇。前方兩百碼是巴特西綜合醫院，小而整潔，沒拉上窗簾的窗戶射出多條光柱。人行道非常潮濕，腳步聲引起的回音清脆得嚇人。

來到司卡俄修車廠左右的活動房屋之一時，他看見有輛車停在空地上，側燈亮著。好奇之餘，史邁利離開巷子，往車子那裡走去。是老舊的MG轎車，大概是綠色，或是戰前流行的棕色。車牌上幾乎沒有光線，而且泥巴沾了厚厚一層。他停下腳步，查看牌號，以食指摸出：TRX0891。沒錯，是他今晨抄下的車牌號碼之一。

他聽見身後傳來腳步聲，挺直上身，半轉身過去。就在他準備舉起手臂時，受了狠狠一擊。那是殘忍的一擊——它似乎把他的顱骨敲成了兩瓣。不支倒地的同時，他感到熱血汩汩流過左耳。「別再來一下，噢天啊，別再來一下，」史邁利想著。但他幾乎什麼都感覺不到——只看見自己的身體，好遙遠，像塊岩石緩緩被擊碎；裂成片片，接著什麼都沒有了。只感到溫熱的鮮血從臉上流進地上的煤渣裡，遠方傳來採石工的敲擊聲。不是在這兒。是在遙遠的某處。

7 司卡俄的供詞

孟鐸爾看著他，不知道他是死是活。他掏空自己大衣口袋裡的東西，把大衣輕輕蓋在史邁利肩膀上，然後狂奔，沒命地奔到醫院，衝進門診科的旋轉門，進入醫院二十四小時無休的明亮環境。值班醫師是位年輕的黑人。孟鐸爾出示警員證，對著他大吼，抓住他手臂，想拉他上路。醫師耐心微笑，搖搖頭，打電話找救護車。

孟鐸爾奔回路上等待。幾分鐘後救護車趕來，技巧純熟的醫護人員抬起史邁利並載走他。

「狗雜種，」孟鐸爾想：「看我怎麼收拾你。」

他呆站片刻，直盯著史邁利倒地處那片濕泥與煤渣。紅紅的車後燈什麼也沒照亮。現場被醫護人員踩得凌亂不堪，活動房屋裡的居民也來來去去，猶如見不得人的兀鷹。麻煩來了。他們不喜歡麻煩。

「狗雜種，」孟鐸爾氣得咬牙切齒，慢慢走回小酒館。

雅座酒吧開始聚集酒客。司卡俄正要再點一杯。孟鐸爾揪住他的手臂。司卡俄轉頭說：「哈囉，朋友，又回來啦。喝杯醉死老孅孅的東西吧。」

「給我閉嘴，」孟鐸爾說：「我得再跟你說幾句話。到外面。」

司卡俄先生搖搖頭，嘖嘖表示可惜。

「沒辦法，朋友，我辦不到。因為有人作陪。」他的頭往一旁十八歲的金髮女孩一偏。女孩塗了米黃色的口紅，胸部大得不成比例，靜靜坐在角落的桌子前。上了色的雙眼彷彿始終飽受驚嚇。

「聽好，」孟鐸爾低聲說：「再過兩秒鐘，看我會不會扯下你的爛耳朵，你這個騙子。」

司卡俄請店東保管酒杯，帶著尊嚴緩緩離開。他沒有看女孩一眼。

孟鐸爾帶他過馬路，往活動房屋前進。史邁利車子的側燈照亮前方八十碼的路面。然後兩人轉進空地。MG車仍在。孟鐸爾緊抓司卡俄的手臂，必要時可用力將他的前臂向後上方推，不是折斷手骨，就是讓肩關節脫臼。

「噢噢，」司卡俄大叫，帶著明顯的喜悅。「愛車總算重回祖先懷抱了。」

「不是被偷了嗎？」孟鐸爾說。「被一個高大的蘇格蘭人偷走了，拄根枴杖、住在伊令區。真好心，居然送還給你。你錯怪了他，他其實表現得友善。你是搞錯了賣家吧，司卡俄。」孟鐸爾氣得直發抖。「而且側燈為什麼亮著？打開車門。」

司卡俄在漆黑中轉向孟鐸爾，沒被扭住的一手伸進口袋找鑰匙，掏出一串，有三、四把，一一摸過後，終於打開車門。孟鐸爾上車，在車頂找到前方乘客座的燈光，打開，開始按部就班搜車。司卡俄站在車外等候。

他搜得很快卻也很徹底。手套箱、座椅、地板、後窗臺，但是一無所獲。他一手插進乘客座的地圖袋，取出一份地圖及一只信封。信封長而扁，藍灰色，表面以亞麻處理。孟鐸爾想，這是歐陸風格。信封上沒有寫字。他撕開信封。裡面有十張五英鎊的舊鈔，附上一張素面的明信片。孟鐸爾湊著車燈閱讀。有人拿原子筆以大寫印刷體寫著：

用完了。賣掉。

沒有簽名。

他下車，抓住司卡俄雙手的手肘。司卡俄趕緊後退。「朋友，有什麼問題嗎？」他問。

孟鐸爾柔聲說：「問題不在我身上，司卡俄，而是你。是你碰過最大最該死的問題——共謀殺人、企圖謀殺、違反國家祕密法。可以再加上違反交通法、陰謀詐欺國稅局，等你開始蹲苦牢了，我還會再想出十五條罪名。」

「等一下，條子，急什麼嘛。你在講什麼東西？怎麼會扯到謀殺？」

「聽好，司卡俄，你這個小人，喜歡占有錢人的便宜，是不是？看來你麻煩大了。至少會害你蹲上十五年。」

「喂，閉嘴行不行？」

「不行，你這個小人。你夾在兩大勢力之間，被人當成了傻瓜。而我要做什麼？我要笑掉大牙，看你在監獄裡孵豆芽。那間醫院，看見了沒？有個傢伙躺在裡面等死，被你那個高大的蘇格蘭人打掉半條命，半小時前被人發現躺在你院子裡，血流不止。素里也死了一個，就我所知，扯上關係的都活不久。所以說，這是你的問題，算你可憐，不是我的。還有一件事──他人在哪裡，只有你知道，對不對？他可能也想解決這一點吧？」

司卡俄緩緩繞到車子另一側。

孟鐸爾坐進駕駛座，從裡面打開乘客座的車門。司卡俄在他身邊坐下。他們沒把車燈打開。

「我在這一帶生意做得不錯，」司卡俄悄聲說，「收入不多卻很穩定。結果來了這個傢伙。」

「哪個傢伙？」

「慢慢來嘛，條子，別催。是四年前的事了。碰上他之前，我才不相信有什麼耶誕老公公。他自稱荷蘭人，做鑽石買賣。瞧，我不會假裝自己覺得他為人正派，因為你不笨，我也不是呆瓜。我沒問他要車做什麼，他也從來沒說，不過我猜他在搞走私。他錢多得是，從他身上撒出的鈔票活像秋天的落葉。『司卡俄，』他說，『你是個生意人。我不喜歡出鋒頭，從來都不喜歡，聽說我倆是物以類聚。我想用車。不想買下，只是向你租用。』詳細字眼忘記了，大概是這樣講，意思差不多。『有什麼條件？』我說。『我們來談談條件。』

「『好，』他說，『我這人很害羞。我想要的車，是就算出車禍也沒人會想到我頭上的那種。司卡俄，替我買輛車，好看的舊車，引擎蓋下的東西得耐用才行。用你自己的名字去買，』他說，『替我包裝一下。前金五百英鎊，之後每個月付二十英鎊，當作停車費用。司卡俄，每次我用車，還會多賞你一些錢。不過我這人很害羞，你不認識我。所以才給這麼多，』他說。『要假裝不認識我。』

「那一天，我永遠也忘不了。雨嘩啦嘩啦地下，我在旺茲沃思區（Wandsworth）撞壞了跟一個男人買來的舊計程車。我欠賭馬組頭四十英鎊，條子對我分期付款在克拉柏姆區（Clapham）買來轉賣的車子很敏感。」

司卡俄深吸一口氣後吐出，動作帶有聽天由命的喜感。

「結果他就站在那裡，活像我自己的良心，拿鈔票當作票根猛砸我。」

「他長什麼樣子？」孟鐸爾問。

「相當年輕。高個子，金髮。他個性很冷淡，冷若冰霜。那天之後我就沒有再看過他。他從倫敦寄信過來，在白紙上打字。只寫『星期一晚上備車，』『星期四晚上備車，』之類的。事先講好了。我把車子留在這裡，加滿汽油，準備妥當。他從來沒說什麼時候開回來。只是在我快打烊前後開來，車燈不關，車門鎖上。他會在車門地圖袋裡留錢，一天兩英鎊。」

「出了差錯怎麼辦？比方說你犯了什麼罪被抓了。」

「他給我一支電話號碼，有事打過去找人。」

「找什麼人？」

「他叫我選一個名字。我選的是『金髮妞』。他不覺得有什麼好笑，我們就一直用這個名字。電話是報春花〇〇九八。」

「有沒有打過？」

「有。兩年前我帶個小妞去馬加特（Margate）度假十天，心想最好通知他一聲。接電話的人是個小姐，從口音聽來，也是荷蘭人。她說金髮妞回荷蘭去了，有事可以留言。之後我就懶得打電話報備了。」

「為什麼？」

「我開始注意到，他兩個禮拜來一次，是每個月的第一和第三個禮拜二，一月和二月除外。一月過來拿車，這還是頭一遭。通常禮拜四把車開回來。奇怪，他怎麼今天晚上開回來。不過這下子他不會再來了吧？」司卡俄以大手從孟鐸爾那裡拿來明信片。

「有沒有很長一段時間沒來？」

「冬天他比較少出現。我剛才說過，他從來沒在一月過來，二月也是。」

孟鐸爾手裡仍握著五十英鎊。他扔向司卡俄的大腿。

「別自認走運了。再多給我十倍我也不要。我會再回來找你。」

司卡俄先生顯得擔心。

「我本來不想告密的，」他說；「不過我也不想被牽連。只希望祖國不會因此而受到傷害吧，老哥？」

「少囉唆，」孟鐸爾說。他累了。他取回明信片，下車，往醫院走去。

★

醫院裡仍是老樣子。史邁利仍陷入昏迷狀態。已經通知刑調處。孟鐸爾最好留下姓名地址，回家休息去。若有狀況，院方會盡快撥電話通知。經過一番爭論後，孟鐸爾從修女那裡拿到史邁利的車鑰匙。

他想通了，米察姆這地方風水很差。

8 病房反思

他痛恨這張床，就如同即將溺斃的人痛恨海水一樣。他痛恨監禁自己的被單，讓他無法移動手腳。

他也痛恨這間病房，因為他很害怕。門邊有一臺手推車，上面擺滿了器材，有剪刀、繃帶、瓶罐，以及用途不明、引人恐懼的詭異物體，也有包裹在白麻布裡、出現在最後聖餐上的怪玩意兒。有高高的廣口瓶，以小毛巾遮住一半，如同白鷹矗立，等著摺走他的五腑六臟；也有小小的玻璃瓶，橡皮管如小蛇般蜷曲在內。他痛恨這一切，他很害怕。他覺得很熱，汗水在身上奔流；他覺得很冷，汗水也如冷血般從肋骨上滑流而過。日夜交替，史邁利不知不覺。他不屈不撓地抵抗睡眠，因為一旦閉上雙眼，眼珠似乎立刻向內翻轉，凝視著腦中紛雜的世界；有時眼皮重得快要合起來，終於閉上，他會鼓起全身氣力撐開，再次注視飄移上方的蒼白光線。

後來有一天，總算有人好心拉開窗簾，讓灰色的冬陽進來。他聽見外面的車流聲，終於知道自己能活下來。

因此死亡再度變成學術上的問題——這筆債，得等到他有錢而並以他自己的方式才能償還。這是種奢華的感受，近乎是純潔了。他的心靈清明得美妙，像普羅米修斯在他自己的世界裡漫遊；他是在哪裡聽過這句話：「頭腦和身體分開，統治著公文王朝……」？他厭倦了上空的燈光，厭倦了蜂窩與鮮花與巧克力的香味。他想看書，想看文學期刊；如果不給書看，怎麼能繼續研讀呢？他攻讀的是少有人研究的時代，鮮少有人針對十七世紀做出具創意的批判。

過了三個星期，院方才肯讓孟鐸爾探病。他走進病房時，提了一頂新帽子，也帶來一本探討蜜蜂的書。他將帽子擺在床尾，書放在床邊桌上。他咧嘴笑著。

「我買了一本書送你，」他說；「跟蜜蜂有關。蜜蜂是鬼靈精怪的小東西。你可能會有興趣。」

他坐在床緣。「我帶了頂新帽子。其實好難看。慶祝我退休。」

「噢對了，我忘記了。你也被打入冷宮了。」兩人大笑，隨即又沉默下來。

史邁利眨眼。「我眼睛看不太清楚，很抱歉。他們不准我戴以前的眼鏡。要幫我配一副新的。」

他猶豫了一下。「是誰偷襲我的，你該不會知道吧？」

「也許。還說不準。大概是有線索一條。問題是，我知道得不夠多。我指的是你的工作。東德鋼鐵代表團，你有沒有印象？」

「有，好像有。四年前來英國，想進貿易委員會卡位。」

孟鐸爾敘述他與司卡俄的談話。「……說他是荷蘭人。唯一的聯絡方式是撥一個報春花的電話號碼。我調查過用戶。登記名稱是東德鋼鐵代表團，地址在貝塞斯（Belsize）公園。我派人過去打聽消息。全搬走了。什麼也沒留下。沒家具，什麼都沒有。只有電話，電話線還被扯掉了。」

「什麼時候離開的？」

「一月三日。芬南被殺那天。」他一臉疑問地看著史邁利。史邁利思考一分鐘後說：「找國防部的彼得．貴蘭姆，明天帶他過來。揪著他的領子來見我。」

孟鐸爾拿起帽子，走向門口。

「再見，」史邁利說；「謝謝你送我書。」

「明天見，」孟鐸爾說完便離開。

史邁利躺回床上。他的頭又開始痛了。該死，他想，沒機會謝謝他送的蜂蜜。也是在福特南（Fortnum）買的。

★

為何預約一大早的晨呼？這件事最令他想不透。這是很傻沒錯，史邁利在想，但在本案諸多說不通的疑點中，最困擾他的還是這個。

愛莎．芬南的解釋沒頭沒腦，一眼就可看穿。假設是安恩的話，她呀，高興的話，命令總機倒立時也臉不紅氣不喘。但愛莎．芬南不是這種人。那張警覺、聰慧的小臉，以及完全獨立自主的個性，與粗心健忘的荒誕說法背道而馳。她本來可以推說總機記錯了，總機打錯日期了，怎麼講都行。芬南的確是粗心健忘。面談前史邁利做過調查，發現芬南的個性中有不少奇特的矛盾之處。他飽讀西方文學，熱中西洋棋，喜歡演奏樂器，閒暇時喜歡研究哲學，想法具有深度，為人卻粗心健忘。有一次，他將外交部的機密文件攜出，掀起一陣軒然大波，經過了解，原來是下班前他把機密文件夾在《泰晤士報》與晚報之間，放進了公事包裡，帶回沃里斯頓。

莫非愛莎．芬南在慌亂之中自告奮勇，繼承了先夫的衣缽？或者是繼承了丈夫的**動機**？芬南吩咐總機來電，是想提醒**他**什麼事？或者愛莎向他借來這個動機？果真如此，芬南希望這通電話提醒他什麼？妻子編盡謊言想掩飾的又是什麼？

薩謬爾．芬南。新世界與舊世界的綜合體。道地的猶太人，有文化修養，大都市人，有主見，工作勤奮，洞察力強。對史邁利而言，這人極為值得欣賞。他是當代之子；備受迫害，如愛莎一樣，被迫從第二故鄉德國流亡至英國的大學。他仗勢個人學識，克服了劣勢與偏見，最後進入外交部服務。這成就非凡，僅靠自己的聰明才智。如果因此為人稍嫌驕矜，不太願意苟同較平庸的人做出的決策，誰又能怪他？芬南曾公開表示支持德國各分東西，讓外交部下不了臺，但如今已事過境遷，他也被調去處理亞洲事務，大家從此淡忘此事。對其他人而言，他做人慷慨得過份，在白廳、素里都頗有人緣。他每週末會撥出幾個小時在素里做慈善工作。他熱愛滑雪，每年會一口氣動用六星期的年假，去瑞士或奧地利度假。他只去過德國一次，史邁利記得，大約四年前，有妻子隨行。

就讀牛津期間，芬南加入左派也是很自然的事。當時正值大學共產主義的美好蜜月期，共產理念深植他心。德國與義大利境內法西斯主義抬頭，日軍侵犯東三省，佛郎哥在西班牙叛變，美國經濟大蕭條，最嚴重的是反猶太風潮襲捲全歐洲，難怪芬南會想找地方發洩怒氣與嫌惡。此外，當年的共產黨值得尊敬；工黨與聯合政府無能，讓許多知識分子深信共產主義能有效取代資本主義與法西斯主義。當時的氣氛熱烈，帶有同仇敵愾、兄弟同心的氛圍，個性愛出鋒頭的芬南必然十分嚮往，以撫慰他寂寞的心靈。有人提議出走西班牙；有些人**的確**出走了，比方劍橋的康福特，一去不回。

史邁利能想像當年芬南的模樣——喜怒無常、熱心激動，是軍校生中的老兵，無疑讓周遭的人吃盡苦頭。他的父母雙亡。父親任職銀行，生前具有先見之明，在瑞士存了一小筆錢。數目不大，卻足夠供他讀完牛津，保護他不受貧窮之苦。

與芬南面談的經過，史邁利記得很清楚；是眾多面談之一，卻與眾不同。不同點在於言談。芬南無所不談，快言快語，自信滿滿。「最棒的一天，」他當時說，「是礦工過來遊行的那天。你知道，他們從朗達（Rhondda）過來，對我們同志來說簡直就像自由之神陪他們降臨人間。那次遊行是絕食遊行。我們小組的人好像沒想到，絕食遊行的人可能會餓得受不了，不過我想到了。所以我們去市場找認同理念的肉店，買到了便宜的肉，租了一輛卡車，找女生燉肉，燉了一鍋又一鍋，開車去遊行經過的地方。他們吃了燉肉之後繼續上路。他們其實不喜歡我們，你知道的，不太信任我們。」他笑了起來。「他們好瘦小。這一點我印象最深刻——又瘦小皮膚又黑，就像小矮人。我們希望他們唱歌，而他們也唱了。但不是唱給我們聽——是為他們自己而唱。那是我第一次見到威爾斯人。

「大概因此讓我對自己的種族有更深的認識吧，我是猶太人，你知道的。」

史邁利當時點頭。

「威爾斯人走了之後，同志不知道怎麼辦。美夢成真了之後該怎麼辦？他們這才領悟到，黨鄙視知識分子的原因是什麼。我想他們主要是感到廉價，以及羞恥。為他們的床鋪和房間、便便大肚，以及漂亮的文章感到羞恥。為他們的才華與幽默感到羞恥。他們老是說記爾．哈爾蒂拿石灰在煤炭板上自學了速記，你知道的。所以他們也為擁有紙和筆感到羞恥。可是丟掉紙筆一點用也沒有，不是嗎？這就是我最後學到的事情。大概是因此我才退黨吧，我想。」

史邁利本想問芬南自己又是怎麼想的，但芬南繼續說下去。他後來了解，他跟那些人沒有交集。他們不是成人，而是兒童，只愛夢想自由營火、吉普賽音樂、明日世界大同、騎著白馬橫渡比斯開灣、帶著童稚心請威爾斯侏儒喝啤酒。那些兒童無力抗拒東方太陽，乖乖將蓬亂的頭轉過去。他們彼此相親相愛，相信自己也愛全人類；他們彼此明爭暗鬥，相信自己為世界奮戰打拚。

沒過多久，他覺得那些人滑稽又感人。在他看來，那些人不如去替士兵織襪子。夢想與現實之間不成比例，令芬南仔細檢視兩者；他將所有精力灌注在研讀哲學與歷史上，在智識精純的馬克思主義找到心靈慰藉。他大口咀嚼無情啃咬智識的馬克思主義，也對其膽大無畏、在學術上顛覆傳統價值觀大為讚嘆。最後，慰藉他孤寂心靈的不是黨，而是馬克思主義的哲學，這種哲學將徹底犧牲強加入一道顛撲不破的公式，羞辱了他，也點醒了他；在他終於功成名就、融入主流社會後，他傷心地離開這項智識寶物，因為他長大了，必須將年少輕狂的歲月留給牛津。

芬南如此描述過去，史邁利很能體會。史邁利找人面談時，聽到的多半充滿憤怒與憎恨，但這次卻例外。也許正因如此，這次的面談才顯得更為真誠。面談後，史邁利還有另外一個感想：他深信芬南還有重要的事沒說出來。

水濱街的事件與芬南之死，兩者究竟有無**事實上**的關聯？史邁利責備自己想太遠了。拉長縱深來看，除了一連串發生的事件之外，無法證明芬南與史邁利的問題息息相關。

一連串的事件中，史邁利憑直覺或經驗，靠第六感按下電鈴而非以鑰匙逕自開門，而這份第六感卻沒有警告他，有人躲在暗夜裡，手持鉛管準備取他性命。

那次面談的氣氛並不正式，這一點也是真的。兩人散步公園，使他聯想起牛津而非白廳。在公園散步，在密班克的咖啡館——沒錯，程序上跳脫了常軌，但那又如何？外交部官員在公園散步，和身分不明的矮個子男人聊得起勁……除非，這個矮個子並不是真的默默無名！

史邁利取出一本平裝書，開始在扉頁上寫了起來。

絕未經過證實的疑點，暫且在此假設：謀殺芬南與企圖謀殺史邁利，這兩件事有所關聯。在芬南遇害『之前』，有哪幾點讓史邁利與芬南搭上關係？

一、元月二日星期一的面談之前，我從未見過芬南，只看過他在軍情局的檔案，做過一些初步調查。

二、元月二日當天，我獨自搭計程車前往外交部。面談是由外交部安排，事先卻不會，重申，不會知道面談者是誰。芬南因此無法事先得知我的身分，軍情局以外的人也不可能知道。

三、面談分為兩部分：第一部分在外交部。辦公室裡人來人往，絲毫沒有注意到我們；第二部分在戶外，任何一個人都可能看見我們。

然後呢？沒有結論，除非……

對了，唯一可能的結論是，除非有人看見他倆同行，認出了芬南，也認出了史邁利，而且激烈反對兩人有所連繫。

為什麼？史邁利有哪一點具危險性？他的雙眼陡然睜大。那還用說嗎？——只有一點，就這麼一點——因為他是保防官。

他放下鉛筆。

無論殺害薩謬爾．芬南的人是誰，見到他與保防官交談必定焦慮不已。也許是外交部的人。但追根究底，這人也認識史邁利。是芬南在牛津結識的人，是共產黨員，擔心身分曝光，認為芬南會洩露祕密，也許認為他已經這麼做了？倘若真是如此，當然史邁利也非死不可——趁他來得及寫成報告之前防微杜漸。

如此才可解釋謀殺芬南並襲擊史邁利的原因。這樣就說得通了，但還不夠。他以紙牌架屋，已盡他所能地架到最高，他手裡卻還有紙牌。愛莎呢？為何說謊？為何串謀？為何害怕？那輛汽車與八點三十的晨呼，又該做何解釋？匿名信又是怎麼回事？如果凶手唯恐史邁利與芬南搭上線，檢舉芬南只會讓史邁利找上他。這樣說來，究竟是誰？到底是誰？

他向後躺下並閉上雙眼。頭又開始作痛。也許彼得．貴蘭姆能幫忙。他是唯一的希望。他感到頭暈目眩起來。痛得要命。

9 澄清疑點

孟鐸爾帶彼得．貴蘭姆走進病房，咧嘴笑著。

「找來了，」他說。

對話進行得彆扭；至少貴蘭姆感到氣氛緊繃，因為他回想起史邁利的突然辭職，也因為在病房見面感到時地不宜。史邁利身披藍色短睡衣，繃帶上方的頭髮直豎又髒亂，左太陽穴仍殘留大塊深色瘀青。

經過一段特別彆扭的停頓後，史邁利說：「是這樣的，彼得，孟鐸爾跟你說過我發生了什麼事。你是專家——我們對東德鋼鐵代表團了解多少？」

「除了突然離開這一點之外，他們純淨得就像是被風吹著跑的白雪。整個團只有三個男的和一條狗。他們在漢普斯特附近活動。那時初來乍到，沒人完全清楚他們來這裡的目的，但在過去四年，他們的工作表現很不錯。」

「都在做些什麼？」

「老天爺才曉得。我認為，他們來了以後，想說服貿易委員會打破歐洲鋼市的壟斷，卻沒人想理他們。後來他們改找領事館，重點擺在機器工具和成品上，交換產業與技術資訊之類的東西，跟他們來這裡的目的無關；不過這樣做，外人比較能接受。」

「他們是些什麼人？」

「噢，兩個技術人員，一個是某某教授博士，另一個是某某博士——幾個女孩，還有一個打雜的。」

「打雜的是什麼人？」

「不知道。某個年輕的外交官，負責善後。我們在軍情局有記錄，你要細節的話，我可以幫你調閱。」

「那就麻煩你了。」

「哪裡，一點也不麻煩。」

又是一陣彆扭的停頓。史邁利說：「彼得，有相片的話最好。能幫我調出來嗎？」

「能，當然可以。」貴蘭姆移開視線，略感尷尬。「其實啊，你也知道，我們對東德所知不多。情報東一撮西一點的，但整體而言還是一團謎。如果東德人想來這裡搞情報，他們不會拿貿易或外交當藉口。所以說，如果你懷疑這個打雜的，想法很正確，因為跟著鋼鐵代表團過來確實很怪。」

「噢。」史邁利語氣平板。

「他們怎麼搞情報？」孟鐸爾問。

「從我們所知的少數幾件獨立個案，很難找出共同點。我的印象是，他們直接從德國指揮情報員，在情報區域裡，指揮者和情報員之間沒有聯繫。」

「不過，這樣做的話，侷限未免太多了吧，」史邁利大喊。「等到情報員有機會出國見面，可能要等上好幾個月。而且可能找不到必要的藉口出國。」

「是啊，這樣顯然對情報員有很大的限制，不過他們的對象似乎沒那麼重要。他們比較喜歡指揮外國人——瑞典人，或旅居海外的波蘭人之類，出短期任務，派往一些任務不至於受到侷限所影響的地區。如果碰到特殊案例，在目標國家正好有常駐的情報員，他們會有一套寄件送件的方式，與蘇聯的模式類似。」

史邁利現在留神起來。

「其實啊，」貴蘭姆繼續說，「美國最近才攔截到一個信差，所以才對東德人的手法略有所知。」

「比方說？」

「比方說，從不在約定地點等人，從不在約定時間出現，而是提早二十分鐘；打暗號。動用所有平常用得到的把戲，往低機密等級的情報貼金。他們也會亂取代號。信差可能有必要聯絡三、四個情報員，指揮可能負責多達十五位情報員。他們從不自己取代號。」

「什麼意思？不自己取代號怎麼行？」

「他們叫情報員自己取。情報員自選一個代號，選一個自己喜歡的名稱，由指揮採用。其實是小把戲一個——」他停下來，訝異地看著孟鐸爾。

因為孟鐸爾整個跳起來。

★

貴蘭姆往後坐，心想這裡能否抽菸，滿心不情願地認定此地禁菸。能抽根菸多好。

「怎樣？」史邁利說。孟鐸爾將司卡俄先生的說法轉述給貴蘭姆。

「吻合了，」貴蘭姆說。「顯然跟我們所知的吻合。話說回來，我們知道的並不多。如果金髮妞是信差，這就不太尋常了，至少就我經驗來說不太尋常，他居然會用貿易代表團當作掩護站。」

「你說代表團在英國待四年了，」孟鐸爾說。「金髮妞最初找上司卡俄，就是在四年前。」

三人一時間都沒說話。接著史邁利興沖沖地說：「彼得，這樣講有沒有可能？我是說，他們可能在某種情報活動條件下，不但需要信差，也需要在這裡設情報站。」

「這個嘛，如果情報特別重大，他們當然有可能設站。」

「換句話說，有個階級很高的駐地情報員也參與其中？」

「對，差不多是這個樣子。」

「假設他們有這麼一個情報員，類似麥克林或富克斯⑩，不難想像的是，他們會在英國以貿易的名義設站，除了掌握這個情報員外，不具備情報活動的功能——有沒有可能？」

「有是有，喬治，不過有點太扯了。你是指，這個情報員由海外指揮，有信差傳遞消息，而信差由代表團掩護其行動，代表團也是這情報員的守護天使；這樣的情報員，肯定大有來頭。」

「我指的不盡然是如此——不過也夠接近了。我承認，有高等級的情報員，才會動用到這套做法。別忘了，金髮妞自稱是荷蘭人，我們無從查證他的說法。」

孟鐸爾插嘴：「這個情報員，會不會直接和代表團接觸？」

「天啊，怎麼會。」貴蘭姆說。「要接觸的話，大概要經過一道緊急程序，例如說以電話通暗號之類的。」

「怎麼個通法？」孟鐸爾問。

「不一定。可能會用『撥錯號碼』的做法。從公用電話撥過去，請喬治・布朗聽電話，對方會回答，這裡沒有喬治・布朗，所以道歉後掛斷。『喬治・布朗』這個姓名是個事先約定好的緊急暗號，代表見面時間和地點。到時候有人會過去。」

「代表團另外還會做什麼？」史邁利問。

「很難講。付錢給他吧。安排收報告的地點。指揮當然會替情報員做好一切安排，派信差過去通知。正如我提過的，他們大部分的做法遵循蘇聯的原則，即使最小的細節都由指揮來安排。外勤獨立活動的範圍非常小。」

---

❿ Maclean, 1913-1983；Fuchs, 1911-1988，兩人皆為替蘇聯臥底的英國人。

又是一陣沉默。史邁利看著貴蘭姆，再看著孟鐸爾，然後眨眨眼說：「一月和二月，金髮妞沒有來找司卡俄，對不對？」

「對，」孟鐸爾說，「今年是頭一次來找。」

「芬南每年一月和二月一定去滑雪。這是四年來頭一次沒去。」

★

「我在想，」史邁利說，「我是不是應該再去見馬斯頓。」

貴蘭姆伸了個懶腰，微笑著說：「見見無妨。聽到你被敲破腦袋，他會很高興的。我懷疑他以為巴特西在海邊，不過別擔心，就說你去別人的私家院子裡亂逛，結果挨了一頓揍——他能體諒的。喬治，也跟他提一提襲擊你的人。你沒看見這人，不知道他叫什麼名字，不過他卻是東德情報局的信差。馬斯頓會支援你的；他一向都會。況且他必須向部長報告。」

史邁利看著貴蘭姆，不發一語。

「而且你還被人打破頭，」貴蘭姆補充說，「他會體諒你的。」

「可是，彼得——」

「我知道，喬治，我知道。」

「好了，我再跟兩位報告一個線索。金髮妞在每個月的第一個星期二取車。」

「那又怎樣？」

「和愛莎．芬南去衛橋劇團的日期吻合。她說過，丈夫星期二晚上加班。」

貴蘭姆起身。「喬治，我去到處打聽一下好了。再會了，孟鐸爾，今天晚上可能會打個電話給你。反正現在也無計可施，不過知道多一點準沒錯吧？」他走到門口。「對了，芬南的遺物呢？他的皮夾、日記之類的東西。警方在他身上找到什麼？」

「大概還放在警察局，」孟鐸爾說：「等審理過後才發還吧。」

貴蘭姆站著看了史邁利一會兒，想著該說什麼。

「喬治，還需要我幫什麼忙嗎？」

「不用了，謝謝——噢，對了，有一件事。」

「什麼事？」

「能不能叫刑調處別來煩我？他們來找過我三次了，當然問不出什麼東西。能不能暫時把這案子列為情報案？弄得神神祕祕又令人安心？」

「可以，應該辦得到。」

「我知道很難，彼得，因為我不——」

「噢，還有一件好消息。芬南的遺書和那封匿名檢舉信，我找人比對過了。打字的人不同，用的卻是同一臺打字機。打字力道和間隔不同，但字體完全一樣。我走了，老友。葡萄多吃一點。」

貴蘭姆走後關上門。他們聽見空盪盪的走廊響起清脆的腳步聲回音。

孟鐸爾替自己捲了根香菸。

「天啊，」史邁利說；「你真的天不怕地不怕嗎？難道沒見識過這裡的修女多凶？」

孟鐸爾咧嘴笑，搖搖頭。

「反正一生只能死一次，」他邊說邊以薄唇含住捲菸。史邁利看著他點燃。他取出打火機，翻開蓋子，以沾了墨水的拇指打火，迅速以雙手圍起，讓火苗湊進捲菸。吸氣吐氣簡直像龍捲風。

「你是刑案專家，」史邁利說。「案情如何？」

「亂七八糟，」孟鐸爾說。「疑點太多。」

「怎麼說？」

「該努力的地方很多。沒有警方調查。沒有查證，跟代數沒兩樣。」

「怎麼扯到代數去？」

「**能夠**證明的東西，必須先證明出來。要找出常數。愛莎真的去看戲了嗎？自己一個人去？鄰居有聽見她回家嗎？如果有，當時幾點？芬南真的每個星期二加班？愛莎果真每兩個禮拜去小劇場看一次戲嗎？」

「還有那通八點半的晨呼。能幫我查個清楚嗎？」

「晨呼的事，你還真是念念不忘。」

「沒錯，所有疑點裡就這一通電話最可疑。我再三推敲過，就是想不出個道理來。我查過火車時刻表。芬南是個守時的人，經常是第一個到外交部上班的，親自替自己的公事櫃開鎖。他可以搭的班車有八點五十四、九點〇八，最晚也會搭九點十四那班。如果搭上八點五十四那班、九點三十八到站，而他喜歡在九點四十五之前進辦公室——不可能拖到八點半才起床。」

「說不定他就喜歡聽電話鈴聲，」孟鐸爾一面起身一面說。

「還有，遺書和檢舉信，」史邁利繼續說。「打字的人不同，用的卻是同一臺打字機。扣除凶手不算，有兩個人能接觸到那臺打字機：芬南和他老婆。如果我們假定遺書是芬南打的——因為確定是他的親筆簽名——可以推斷寫檢舉信的人是愛莎。她為什麼要檢舉芬南？」

史邁利已經累壞了，孟鐸爾準備離開讓他鬆了一口氣。

「準備去查個水落石出了。找出常數。」

「這些錢你用得上，」史邁利說著從床邊皮夾取錢給他。孟鐸爾沒有多做表示就收下離開。

史邁利躺回床上。他頭痛欲裂，灼熱難耐。他想呼叫護士，又因膽怯而作罷。頭痛逐漸消去。他聽見外面有救護車的聲音，從威爾斯親王大道轉進醫院空地。「說不定他就喜歡鈴聲。」他喃喃自語，沉沉入睡。

他被走廊上的爭吵聲驚醒，聽見修女拉高嗓門抗議；他聽見腳步聲，聽見孟鐸爾的嗓音，語氣急促，頂撞回去。房門突然打開，有人開燈。史邁利貶眨眼坐起上身，瞄了一下手錶。五點四十五。孟鐸爾正對著他講話，像在破口大喊。他究竟想說什麼？跟巴特西橋有關……泰晤士河警方……昨天失蹤至今……他完全清醒了。亞當．司卡俄死了。

10 處女的證詞

孟鐸爾車開得非常慢，像個墨守成規的小學女教師，史邁利若在場肯定會覺得滑稽。衛橋路一如往常車流壅塞。孟鐸爾痛恨汽車駕駛。一個人只要買了車，就會立刻將謙卑與常識留在車庫裡。駕駛是什麼身分不重要，他見過身披紫袍的主教在建築密集的地帶飆到七十哩，嚇得行人魂飛魄散。他喜歡史邁利的車，喜歡這輛車被照料得鉅細靡遺，車上也有合理的配備，有側照鏡與倒車燈，是輛很不錯的小車。

他欣賞能夠照料大小事的人，欣賞做事有始有終的人。他喜歡徹底與精準的態度。不隨便不馬虎。就像這個凶手——司卡俄怎麼說來著？「相當年輕，個性卻很冷淡……冷若冰霜。」那種神態他很清楚，司卡俄生前也見識過……那種神態潛藏在目光之中，屬於年輕殺手，帶有全然否定的意味。不是野獸的眼神，也不是狂人野蠻冷笑的表情，而是出自超絕的效率，經測試後得到證實。這種神態不只是歷經過戰爭的洗禮。目睹人類戰死沙場，固然能磨鍊出世故的神態，尤有甚者是它帶有職業殺手那份深信個人高高在上的信念。對，孟鐸爾以前見識過：鶴立雞群的那個，目光黯淡、面無表情，是女孩子追求的那個，而女孩提到那人時不帶微笑。對，他的確冷若冰霜。

司卡俄之死嚇到了孟鐸爾。他逼史邁利發誓，出院後絕不回水濱街的住處。幸運的話，他們會以為已經解決了史邁利。司卡俄之死證明了一點：殺死芬南的凶手仍在英國，仍急著斬草除根。「等我可以自由行動以後，」史邁利昨晚說過：「一定非引他再出洞不可。擺幾塊乳酪。」孟鐸爾知道所謂的乳酪是誰：史邁利。當然了，假如他們猜對了動機，乳酪就得另找他人：芬南的妻子。孟鐸爾冷冷地想著，事實上，她至今還未被殺害，對她的清白不是一件好事。想到這裡他不禁感到羞愧，將心思轉向其他方面。例如再想想史邁利。

史邁利這人啊，古怪的小矮子一個。讓孟鐸爾憶起小學一同踢足球的小胖子。跑不快、踢不好，像蝙蝠一樣瞎飛亂闖，比賽起來卻像拚命三郎，沒有玩到遍體鱗傷絕不甘休。小胖子也常打拳擊。兩臂不知要夾緊，四處亂揮，被揍得半死，多虧裁判喊停才撿回小命。此外，小胖子的腦袋也很精明。

孟鐸爾在路邊咖啡店停車，喝杯咖啡，吃塊小圓麵包，然後開進衛橋劇團。劇團位於通往大街的單行道內，停車位遍尋不著。最後他只好將車子留在火車站，徒步進市區。

劇團前門上鎖。孟鐸爾繞到側面，鑽過一座磚造拱門，推開一扇綠門，門內有手推桿，以粉筆註明「舞臺門」。沒有電鈴；裡面的綠色走廊陰暗，有咖啡香味幽幽飄來。孟鐸爾踏進門口，來到一條走廊，盡頭是座石梯，有金屬扶手，向上通往另一扇綠門。咖啡香變濃，也聽見人聲。

「算了吧，說實在話，如果素里的雅痞想連看《彼得潘》三個月，就讓他們看個夠。不是《彼得潘》就是《飛越杜鵑窩》連續演三年，就讓彼得潘小勝杜鵑窩嘛。」——是中年婦女的嗓音。

一個喜歡鬥嘴的男子回應：「別人不行，陸朵總能演彼得潘吧，對不對，陸朵？」

「臭女人，臭女人，」第三人說，也是男的。孟鐸爾這時推開門。

他站在舞臺一翼，左手邊是一塊厚加壓纖維板，在木質面板上附有十幾個按鈕。一個可笑俗氣的洛可可式椅子繡著花紋還鑲金邊，放在厚板下方，是提詞員兼雜工的座位。

舞臺中央有兩男一女，坐在圓桶上抽菸喝咖啡。舞臺布置成大船的甲板，桅杆上有索具與繩梯，占據了舞臺中間，一座厚紙板製作的大砲悶悶不樂地指向象徵海天的畫布。

孟鐸爾一出現在舞臺上，三人的對話戛然中止，有人喃喃說：「天啊，鬼魂出席盛宴，」三人全看著他，嗤嗤笑了起來。

中年婦女率先發言：「先生，是想找什麼人嗎？」

「對不起，打擾了。我想詢問入會的事宜。想成為會員。」

「沒問題，太好了，」她邊說邊站起來，向孟鐸爾走去。「真是太好了。」她以雙手緊握住孟鐸爾的左手，同時向後退一步，雙臂展開到極限，做出城堡女主人的姿態，是馬克白夫人迎接鄧肯國王的禮數。她偏頭，學小女生微笑，繼續握著孟鐸爾的手，帶他走過舞臺到另一翼。有扇門通往小辦公室，裡面散落著舊節目單與海報，也有油彩、假髮，以及俗麗的水手裝。

「有沒有看過我們今年的童話劇《金銀島》？廣獲好評，值回票價。而且融入更多社會意義，比別團那種低俗的兒戲精彩得多，您說是嗎？」

孟鐸爾嘴上說：「是的，有道理，」其實完全不懂她在講什麼。這時他的視線停在一疊排列整齊的帳單，以大夾子固定。最上面一張註明給陸朵・歐瑞兒，四個月前就已到期。

她以飆悍的目光透過眼鏡打量孟鐸爾。她的身材矮小，膚色暗沉，脖子上有皺紋，塗了不少化妝品。眼睛下的皺紋以油彩塗平，但效果並不持久。她穿著長褲，上身是過大的套頭衫，灑滿了蛋彩顏料。她一口接一口抽菸，嘴巴很長，將香菸夾在中間，與鼻子呈一直線，嘴唇誇張地凸出，扭曲了臉孔下半部，替她製造出脾氣暴躁、缺乏耐心的外表。孟鐸爾原本覺得這女人大概腦袋聰明，很難相處，看見她連帳單都付不清，讓孟鐸爾如釋重負。

「你是真的想加入會員，對不對？」

「不想。」

她勃然大怒：「如果你又是可惡的商人，給我滾出去。我說過會付就會付，少來找我麻煩。如果你們認為劇團準備倒閉，我們就倒閉給你看，到時候賠錢的是你不是我。」

「我不是債權人，歐瑞兒夫人。我是來送錢的。」

她等著孟鐸爾說下去。

「我是離婚徵信社的人。客戶很有錢。我想請教妳幾個問題。我們願意付妳鐘點費。」

「天啊，」她鬆了一口氣說。「幹麼不早說？」兩人大笑起來。孟鐸爾數了五英鎊，讓錢一張張落在帳單上面。

「好，」孟鐸爾說，「請教妳，貴社是怎麼招收會員的？加入會員有什麼好處？」

「這個嘛，每天早上十一點整，舞臺上會有很清淡的咖啡可喝。十一點到十一點四十五這段排戲空檔，會員可以跟演員交誼。這當然要付錢，不過這項福利嚴格限制僅供會員享有。」

「了解。」

「你有興趣的，大概就是這一部分吧。早上來的會員，好像只有男同性戀和花痴。」

「可能吧。其他還有什麼節目？」

「我們每兩個禮拜會上演一齣新戲，會員可以預約每一齣戲的座位，日期自選，例如每齣新戲上演的第二個星期三之類的。我們習慣在每月第一、三個星期一推出新戲。開演時間是七點三十，會員預約的座位保留到七點二十。負責賣票的小姐有座位表，將會員預約的座位以紅筆劃掉，到最後關頭才可以賣出。」

「原來如此。所以說，如果會員沒有進場坐平常坐的位子，售票小姐會刪掉會員預約的座位。」

「賣掉後才會刪除。」

「那當然。」

「第一個禮拜後，通常都不會坐滿。我們是想一星期推出一齣新戲，只是不大容易籌出，呃，頭寸。說真的，觀眾沒有多到可以上演兩星期的地步。」

「是的，我懂。以前的座位表，你們有留著嗎？」

「有時候會留，給會計參考。」

「一月三日星期二那天的座位表呢？」

她打開櫥櫃，取出一疊印刷座位表。「現在演出的是下半月的童話劇。傳統。」

「了解，」孟鐸爾。

「你想找什麼人？」歐瑞兒夫人邊問邊從辦公桌拿起記錄簿。

「金髮，矮小，年紀四十二、三歲，姓芬南，全名愛莎・芬南。」

歐瑞兒夫人打開記錄簿。孟鐸爾毫不慚愧地從她背後偷看，看見會員姓名整齊地寫在左欄，最左邊用紅筆打勾，表示已繳會員費。每頁的右邊則記載會員全年的預約，總數約八十人。

「這姓名，我沒印象。她坐在哪裡？」

「不知道。」

「噢，找到了。沃里斯頓，美樂黛巷。美樂黛巷啊！——我剛才不是問過你了嗎？我們看一下。坐在後排盡頭的座位。選這種位子好奇怪，你覺得呢？座位號碼是R2。至於她一月三日有沒有來看戲，只有老天爺知道。那張座位表好像沒留下來，不過我一輩子從來沒扔掉任何東西。有些東西會自動蒸發，你說是吧？」她以眼角瞄著孟鐸爾，心想是否已賺到五英鎊。「這樣好了，我們問問處女。」她起身走向門口；「芬南……芬南……」她說。「等一等，我好像有印象。怎麼會……噢，原來呀。樂譜袋。」她打開門。「處女跑哪兒去了？」她對著舞臺上的人說。

「只有天知道。」

「只會幫倒忙，」歐瑞兒夫人說，然後把門關上。她轉向孟鐸爾：「處女是本團的明日之星，是英倫玫瑰，本地大律師愛表演的千金，打扮得美美的，整天等著人追。我們討厭她。不過因為她老爸替她繳了學費，偶爾會撈到表演的機會。晚上忙不過來的時候，她和托俄太太偶爾會幫忙排座位。托俄太太是清潔工，也負責寄物間。比較清閒的時候，全部由托俄太太一個人負責，處女則在舞臺兩翼閒逛，巴望著女主角暴斃。」她停頓一下。「我很確定『芬南』這個姓不知道在哪裡聽過。絕對是。那條母牛死到哪裡去了？」

她消失了兩、三分鐘，回來時帶著高䠷貌美的女孩，一頭毛茸茸的金髮，臉頰粉紅——一定是網球與游泳健將。

「她是依莉莎白．皮金。或許能幫上你的忙。親愛的，我們想認識一下會員芬南夫人，妳對這個人有印象嗎？」

「噢，有啊，陸朵。」她必定自認嗓音甜美。她面對孟鐸爾，皮笑肉不笑，偏著頭，十指交握。孟鐸爾猛然將頭轉向她。

「妳認識她嗎？」歐瑞兒夫人問。

「認識啊，陸朵。她超愛音樂的；至少我是這樣認為，因為她每次必帶樂譜來。她又瘦又怪。她是外國人，對不對，陸朵？」

「哪裡怪？」孟鐸爾問。

「噢，上次她來的時候，為了旁邊的座位發了一頓脾氣，好嚇人。那個座位是會員預約席，當時已經七點二十過了好久。這一季才剛開始，有好幾百萬人想進場，所以我劃給了別人。她一直說她確定那人會來，因為那人每次都會到。」

「結果到了沒？」孟鐸爾問。

「沒有。所以我就劃給別人了。她一定生很大的悶氣，因為第二幕結束她就走了，而且忘記帶走樂譜袋。」

「她確定會來的這個人，」孟鐸爾說，「跟芬南夫人是朋友關係嗎？」

陸朵．歐瑞兒對孟鐸爾曖昧地眨了眨眼。

「這個嘛，噢，應該是，是她先生吧？」

孟鐸爾看了她一分鐘，然後微笑：「能不能替依莉莎白找張椅子？」他說。

「噢，謝謝，」處女說，在鑲金的舊椅邊緣坐下。椅子式樣與兩翼的提詞員椅相同。她將紅潤富態的雙手放在膝蓋上向前靠，微笑不曾停過，很高興成為注目的焦點。歐瑞兒惡狠狠地看著她。

「憑什麼認定那人是她丈夫，依莉莎白？」他的口氣帶著前所未有的尖銳。

「這個嘛，我知道他們兩人沒有結伴來，不過因為兩人座位離其他預約的會員很遠，一定是夫妻關係。而且，他每次一定會提樂譜袋。」

「原來如此。依莉莎白，那天晚上的事，妳還記得什麼？」

「這個嘛，其實記得很多，因為她中途發脾氣離開，我覺得很愧疚，後來同一個晚上她打電話過來——我是說芬南夫人——她報出姓名，說她提早離開，忘了領回樂譜袋。寄物間的號碼牌也弄丟了。她慌張得不得了。聽起來好像在哭。我聽見她背後有人在講話，然後她說有人會過來領，還問說號碼牌丟了能不能領回。我說沒問題。半個鐘頭後，那人就來了。他長得很好看。高大，金髮。」

「知道了，」孟鐸爾說；「非常感謝妳，依莉莎白，妳幫了大忙。」

「噢，別客氣。」她起身。

「對了，」孟鐸爾說。「過來替她領樂譜袋的這個人，該不會正是坐在旁邊陪她看戲的人吧？」

「是啊。噢，抱歉剛才沒講。」

「妳有沒有跟他講過話？」

「這個嘛，只是普通對話而已。」

「他操什麼口音？」

「外國腔調，就像芬南夫人——她是外國人，對吧？我也是這樣想。看她又囉唆又愛發脾氣的，性情就像外國人。」

她對著孟鐸爾微笑，等候片刻，然後學愛麗絲走出辦公室。

「母牛一頭，」歐瑞兒看著關上的門說。她的雙眼轉向孟鐸爾。「好吧，希望你的五英鎊有值回票價。」

「我也這麼希望，」孟鐸爾說。

11 粗鄙俱樂部

孟鐸爾看見史邁利坐在扶手椅上，衣著整齊；彼得・貴蘭姆躺在床上，舒舒服服地攤開四肢，一手漫不經心地拿著淡綠色的檔案夾。外面的天空烏黑猙獰。

「第三名凶手進場，」孟鐸爾進病房時貴蘭姆說。孟鐸爾坐在床尾，對著史邁利喜孜孜地點頭。史邁利的臉色蒼白憂鬱。

「恭喜了。總算可以走動了。」

「謝謝你。可惜如果我真的起來走動，你看到後就不會恭喜我了。我虛弱得像隻小貓。」

「院方怎麼會同意讓你出院？」

「我不知道他們什麼時候才放我——」

「你沒問嗎？」

「沒有。」

「你最好問一下。我給你帶消息來了。我不確定它代表什麼，但肯定或多或少代表了什麼。」

「真好，真好，」貴蘭姆說，「人人都帶來了消息。大家一起來。喬治看過了我的全家照片，」——

他稍稍舉起了綠色檔案夾——「而且認得所有老朋友。」

孟鐸爾一時會意不過來，不太懂狀況。史邁利介入：「明天一起吃晚餐時再一一跟你解釋。不管醫院怎麼說，我早上就出院。我認為已經找到凶手，另外也發現很多東西。你的消息，說來聽聽吧。」

史邁利的眼神裡沒有揚揚自得，僅有焦慮。

★

史邁利所屬的俱樂部，會員資格並不令高官名流垂涎。俱樂部的創始人姓司第艾斯培，是特立獨行的青年保守黨員，曾因在南非主教聽力範圍內咒罵上帝而被內政大臣趕走。就讀牛津期間他結識了房東太太，畢業後請她放下位於荷利威（Hollywell）的清靜住宅，幫他照料位於曼徹斯特廣場的俱樂部。這間俱樂部共有兩房，附地下室，屋主原是闊綽的親戚，讓給他自由處置。俱樂部會員數一度達到四十人，每人年繳五十基尼（一基尼相當於二十一先令），目前只剩三十一人。這裡沒有女人，沒有規則，沒有祕書也沒有主教。可以帶三明治來，買瓶啤酒配著吃；或帶三明治來，什麼都不買也無所謂。只要不喝得爛醉、別管他人閒事，別人不會干涉你的穿著言行，也不干涉你帶誰前來。史度堅夫人已經不進酒吧幫忙，也不負責替客人端牛排到地下室的壁爐前，只是在場指揮兩名幫手，以親切溫馨的氣氛照顧客人。這兩名幫手是小邊防軍團的退休士官。

不消說，會員泰半是史邁利就讀牛津時前後期的弟兄。會員的共識是本會僅開放給這一代的人同樂，俱樂部隨會員的年齡老化死去。大戰帶走了傑布帝與其他人，卻從沒有人建議另邀新會員。此外，這間房子現在歸他們所有，史度堅夫人的未來也有人照料，而俱樂部本身亦能自給自足。

時間是週六晚上，只有六、七人在場。史邁利替大家點了晚餐，在地下室擺出餐桌，明亮的炭火在磚爐裡燃燒。現場沒有閒雜人等，桌上是沙朗牛排與紅酒；外面的雨勢不歇。對他們而言，儘管三人相聚的緣由奇怪，這晚的天下似乎無憂無慮。

「為了幫助各位了解我接下來要講的事，」史邁利最後總算開口，主要是對孟鐸爾發言，「最好先說明我個人的背景。就各位所知，本人的職業是情報官，很早以前就開始在特務局服務，比國防部和白廳的政治角力開始之前更早。那時我們人手不足，待遇很低。我和別人一樣，去南美和中歐接受培訓試用，之後在德國一所大學教書，挑選具有情報員潛力的德國青年。」他停頓一下，對著孟鐸爾微笑說，「不好意思有很多行話。」孟鐸爾嚴肅地點頭，史邁利接著說下去。史邁利自知口氣傲慢自大，卻也不知該如何自制。

「在上一場戰爭開打前沒多久，那時德國處境艱難，心胸狹窄之人當道。我不是瘋子，不會親自去物色人選。明哲保身的唯一方式是盡可能保持低調，在政治上、社會上維持中立，提出適合人選名單，由別人來徵召。我盡量帶幾個人選回英國，帶著他們做短期遊學。回國的時候，我刻意不和軍情局聯繫，因為那時候我們並不清楚德國反情報局的效率有多高。哪個學生被約談過，我完全沒概念，還是不知道的好。我的意思是，這樣我的身分才不會曝光。

「故事其實要從一九三八年說起。那年夏天，有天晚上我單獨在辦公室裡。那天白天的天氣晴朗，暖和又祥和。法西斯主義就像從來沒人聽過似的。我穿著長袖襯衫坐在窗口的桌子前辦公，工作得不是很認真，因為那一晚感覺很舒服。」

他停下來，不知為何尷尬起來，對著波特酒一陣忙亂。他的臉頰上高高出現兩朵紅暈。儘管他只喝下一點點紅酒，還是感到微微醉意。

「言歸正傳，」他說，感覺有點蠢。「對不起，我有點言不及義……好，當時我坐在窗口，有人敲門，一個年紀很輕的學生走進來。他那年十九歲，看起來年紀卻更小。他的姓名是狄特・弗萊。他是我的學生，頭腦很聰明，外形也很出色。」史邁利再次停口，凝視前方。也許是身受傷痛，也許是身體虛弱，往事更顯得歷歷在目。

「狄特長得非常好看，額頭很高，滿頭蓬亂的黑髮。他的下半身畸形，大概是得過小兒痲痺。他拄著枴杖，走路時重心都擺在那上頭。在這個規模不大的大學裡，他自然成為傳奇人物，大家把他看成拜倫之類的名人。事實上，我怎麼看也不覺得他有什麼傳奇色彩。德國人熱愛發掘天才兒童，從赫德⓫到格奧爾格⓬，總會有人從他們躺在搖籃裡就開始崇拜他們。只不過沒人崇拜得起狄特。他個性極端獨立，做事不擇手段，連最想崇拜他的人都會被他嚇跑。狄特的防衛心很重，不僅是因為他身體畸形，也因為他是猶太人。他如何能在大學占有一席之地，我怎麼也想不透。可能是大家不知道他是猶太人吧。我猜大家可能誤以為他俊美的容貌帶有南方血統，也許是義大利裔，但我怎麼看也不認為如此。對我來說，一眼就能看出他是猶太人。

「狄特信奉社會主義。即使在大學時代，他也不想隱瞞自己的觀點。我曾經考慮吸收他，不過他顯然遲早註定要被送去集中營，挑上他反而會白忙一場。何況他心浮氣躁，反應太快，色彩過於鮮明，又太愛面子。他大學參加很多社團，全當上社長——辯論社、政研社、社研社等等。在運動社團裡，他則擁有榮譽社員的頭銜。那個大學的學生愛喝酒，大一如果不醉個大半學年，就無法證明自己具備男性氣概，他竟有膽不喝。

「那就是狄特，高大、英俊、喜歡發號施令的痞子，是他那一代的偶像，是個猶太人。那個炎熱的夏天晚上過來見我的，正是狄特。

「我請他坐下，想請他喝酒，不過他不喝。我幫他泡咖啡，好像是用輕便煤氣爐煮的。我我們漫無邊際聊著濟慈，是我上一堂課的內容。上課時我抱怨很難以德國文學評論方式套用在英詩上，結果引發討論，跟往常一樣，討論的焦點放在納粹對文藝『墮落』的詮釋。狄特把上課討論的話題全搬出來，愈講愈起勁，大肆譴責現代德國，最後譴責到納粹主義。我自然而然提高警覺——我自認當時

⓫ Herder, 1744-1803，哲學家。

⓬ Stefan George, 1868-1933，詩人。

的我沒現在這麼笨。最後他直截了當問我對納粹有何看法。我回答得很明白，表示自己是外國人，不便批評地主國，而且反正個人也認為政治不太好玩。他的反應我永生難忘。他火冒三丈，掙扎著站起身，對我用德文大吼：『誰跟你談好玩不好玩！』」史邁利停口，望向餐桌對面的貴蘭姆：「抱歉，彼得，我講得太囉唆了。」

「哪裡，老兄。就照你的意思，慢慢來。」孟鐸爾悶哼一聲應和。他坐姿僵直，雙手擺在前方的桌面上。這間地下室沒有電燈，唯一的光線來自明亮的爐火，在三人背後的粗灰泥牆上投射出高大陰影。帶蓋的酒壺只剩四分之一；史邁利替自己斟了一些，把酒壺傳下去。

「他數落我，說我怎能在文藝上套用一套獨立的標準，卻對政治完全冷感，還說三分之一的歐洲被奴役了，我怎麼能嚷嚷著文藝自由。當代文明就快要失血而死，我怎能坐視不管？十八世紀有什麼神聖，居然能讓我唾棄二十世紀？他來找我，是因為欣賞我上課的內容，以為我思想開明，現在卻發現我是最不開化的一個。

「我讓他走。不然還能怎樣？反正以他的背景——叛逆的猶太人，早已被列入黑名單，幸好這所大學的學風不知為何還算自由。不過我繼續觀察他。學期即將結束，暑假就快開始，三天後舉行期末辯論會，他大鳴大放得令人心驚。他真的很嚇人。在場的人靜下來，替他擔心。學期終於結束，狄特沒向我道別就走了。我原本不指望再見到他。

「再看見他大約是六個月後的事。我去德勒斯登（Dresden）附近拜訪朋友。狄特的老家就在德勒斯登。我提早半個小時到火車站，不想在月臺上逗留，於是決定到外頭散步。距離車站兩、三百公尺處有棟很高的房子，是十七世紀的建築，外表陰森，前面有個小庭院，圍起高高的欄杆，大門是鑄鐵門。那房子顯然被改裝成臨時監獄。裡面是一群光頭囚犯，有男有女，在院子裡運動走動。兩個獄卒站在中間，拿著湯姆森半自動步槍。我看著看著，忽然瞥見一個熟悉的身影，比其他人高，跛腳，拚命想跟上。是狄特。他的枴杖被沒收了。

「我事後想到，那當然了，他大學時代是風雲人物，就學期間蓋世太保不太想逮捕他。我忘了原本要搭的火車，回到市區，用電話簿查他父母親的地址。並不難找，因為我知道他父親當過醫生。我找到了住處，只有她母親在家。父親已經死在集中營。她不願意談狄特的事，不過看來好像他進的不是猶太監獄，而是一般監獄，表面上只接受『短期感化』。她認為兒子大約三個月後就能出獄。我請她轉告狄特，他有些書還在我那裡，如果他願意過來找我的話，我很樂意歸還。

「一九三九發生了幾件大事，恐怕讓我分了心，那年後來我大概就沒想過狄特的事。從德勒斯登回來後沒多久，我的單位派我回英國。我在四十八小時之內打包回家，卻發現倫敦亂成一團。上級派給我新的任務，事先需要密集的準備、報告、訓練，命我立刻回歐洲，在德國起用幾乎沒試用過的情報員，而這些人吸收的過程也很倉促。我正想背下十幾個姓名和住址，竟發現其中一人是狄特・弗萊。你們可以想像那時我有多吃驚。

「我看了他的檔案，發現他被吸收的經過差不多是毛遂自荐。他就那麼衝進德勒斯登的領事館，質問為何大家都懶得阻止對猶太人的迫害。」史邁利停下來，自顧自地笑著；「狄特這人啊，很會動員別人。」他很快瞄了孟鐸爾與貴蘭姆一眼。兩人直盯著他。

「我的第一個反應大概是生悶氣。狄特一直就在眼前，我從不認為他合適，德勒斯登那邊的人在搞什麼鬼？接著我開始擔心，因為狄特喜歡興風作浪，我恐怕管不住，萬一他衝動起來，可能會害我和其他人送命。儘管我外表稍作改變，也有了新的掩飾身分，顯然應該自動對狄特表態，表明自己是大學裡的喬治·史邁利老師，讓他盡情曝光我的身分。這樣的開端極為不幸，但我半下決心，布局時將狄特排除在外。結果我料錯了。他是個絕佳的情報員。

「他並沒有收斂招搖的作風，卻巧妙運用以製造雙重假象。因為肢體殘障，他不必服役，在鐵路局找到辦公的工作，很快升遷到負有真正職責的職位，情報的數量也好得沒話說。部隊和軍火的運輸目的地和運輸日期，細節都能取得。後來他回報我軍轟炸的成效，指出關鍵的目標。他的組織能力超強，也因此救自己一命。他在鐵路局表現傑出，成為不可或缺的人才，無論日夜隨傳隨到，地位變得幾乎難以撼動。上級頒發傑出平民動章給他，我想蓋世太保因此故意把他的檔案弄丟。

「狄特有一套完全浮士德的理論。空有思想並沒有價值，必須將思想付諸行動才能發揮效用。他以前常說，人類犯過的錯當中，最大的一點就是分開看待心智和肉體：命令若無人遵守，那麼它就不存在。他也常引述克萊斯特⑬的話：『倘若所有眼珠皆以綠玻璃製成，倘若看似白色的物品實際上皆為綠色，又有誰分辨得出？』他常講這類東西。

「我說過，狄特是名優秀的情報員。他甚至費心安排部分物資趁適合飛行的夜晚送出，方便我方的轟炸機行事。他完全有自己的一套把戲——生來就是當間諜的料。要是幻想這種好景會延續下去似乎很荒謬，不過我們的轟炸範圍通常很廣，對方要是想查是否有人洩密，未免顯得可笑——更不可能找上像狄特這樣人盡皆知的大嘴巴。

「在他在，我的工作變得很輕鬆。狄特經常出差，因為他有特別通行證能自由進出。跟有些情報員比較起來，我和狄特的通訊簡直有如兒戲——我們偶爾會直接在咖啡館見面商談，或者他會開公家車來接我，在大馬路上開個六、七十哩，假裝載我一程。但比較常見的情況是，我們會搭同一班火車，在走道交換公事包，或是帶著包裹去戲院，然後交換寄物間的號碼牌。他很少給我報告的正本，只是給我傳輸令的複寫本。他也找祕書做很多事，叫祕書幫他另闢一個『待銷毀』的檔案夾，每隔三個月，他趁午餐時間將待銷毀的東西倒進自己公事包裡。

「到了一九四三年，我被召回，大概是貿易的偽裝就快撐不住了，而且像櫥窗裡的商品，展示過久開始褪色。」他停止敘述，從貴蘭姆的菸盒取來香菸。

「暫且將狄特放到一邊，」他說。「他是我手下最棒的情報員，卻不是唯一的。令我頭痛的事情已經夠多，和其他事情相較，指揮他易如反掌。戰爭結束後，我從繼任者那裡探聽狄特和其他情報員

⓭ Kleist, 1777-1811，德國劇作家。

的近況。有些人移民到澳洲或加拿大，有些最後重回殘破的故鄉。我猜狄特猶豫了一陣。俄國人在德勒斯登，對此他可能心有疑慮。最後他還是回去老家。不回老家也不行，因為他母親還在。反正他也痛恨美國人。而且，他當然是社會主義信徒。

「後來聽說他在德勒斯登東山再起。大戰期間吸收的行政經驗讓他在新德國的公家單位找到工作。我猜他的叛逆名聲和家人吃過的苦替他敞開職場之路。他的工作一定做得有聲有色。」

「怎麼說？」孟鐸爾問。

「直到一個月前，他人還在英國，負責鋼鐵代表團。」

「還不只這樣，」貴蘭姆連忙補充，「孟鐸爾，別以為這樣就算滿載而歸了。我打電話給依莉莎白．皮金，省了你今天早上跑一趟衛橋。是喬治的建議。」他轉向史邁利：「她有點像大白鯨，對不對，又大又白的鯨魚，專吃男人。」

「結果呢？」孟鐸爾問。

「我讓她看了一張照片，是他們留下來收拾殘局的年輕外交官，姓穆恩特。依莉莎白一眼就認出他，說他正是替愛莎．芬南領回樂譜袋的好心男子。是不是很好笑？」

「可是——」

「我知道你打算問什麼，聰明的年輕人。你想知道喬治有沒有認出他。有，喬治認出來了，就是想引他進入水濱街家裡的同一個壞蛋。這傢伙跑得很勤快。」

孟鐸爾開車回米察姆。史邁利已經筋疲力竭。又開始下雨，天氣變得很冷。史邁利拉緊大衣裹住身子，儘管疲倦，仍津津有味地靜靜欣賞沿途熱鬧的倫敦夜景。他一向喜歡旅行。即使是現在，如果有機會，他也寧可捨飛機、搭火車穿越法國。夜間橫越歐洲時，能聽見奇境般的聲響，出奇雜亂無章的鐘聲與法語突然打斷他的英國夢境，至今仍能令他心動。這種旅行方式，安恩以前也很喜歡，兩人曾兩度進行陸路旅行，在不甚舒適的旅途上共享甜中帶苦的樂趣。

回到米察姆後，史邁利直接上床，孟鐸爾則泡了一些茶。兩人在史邁利的臥房享用。

「接下來我們要做什麼？」孟鐸爾問。

「明天我可能得去沃里斯頓一趟。」

「你應該躺在床上多休息。你想去沃里斯頓做什麼？」

「看愛莎．芬南。」

「你自個兒去不安全，最好由我陪著。你去找她，我坐在車上等。她是猶太人，對不對？」

史邁利點頭。

「我爸也是猶太人。他從來不到處宣揚自己的身世。」

12 美夢求售

她打開房門，默默看著他好一陣子。

「怎麼不先通知一聲？」她說。

「這樣比較安全。」

她又不作聲，半晌才說：「這話什麼意思？」這一問似乎耗費了她不少心力。

「我能進去嗎？」史邁利說。「我們沒有很多時間。」

她看起來蒼老又疲倦，也許少了些活潑。她帶史邁利進入起居室，以像是聽天由命的態度指向一張椅子。

史邁利遞菸給她，自己則拿一根抽了起來。愛莎站在窗前。史邁利望著她，看見她呼吸急促，雙眼紅灼，明白愛莎幾乎喪盡了自衛的力量。

他開口講話時，口氣放輕，帶有讓步的意味。聽在愛莎・芬南的耳朵裡，這種語調必定是她渴望聽見的，難以抵擋，提供了所有氣力、舒適感、同情心與安全感。她緩緩從窗口移開，右手原本緊壓著窗臺，這時若有所思地撫過它，落在身邊，顯得屈從。她在史邁利對面坐下，以全然依賴的眼光注視他，眼神宛如女友。

「妳一定感到非常寂寞，」他說。「沒人能一直忍受這種滋味。克服這一關也需要勇氣，而且要獨自鼓起勇氣也是件難事。他們從來都不了解，對不對？他們從來都不知道代價多大——連哄帶騙的卑鄙把戲、與正常人隔絕。他們認為妳這輛車可以加他們那種汽油，揮揮旗子、放放音樂就行。可惜妳獨處的時候，需要不一樣的燃料，對不對？妳非恨不可，而恨個不停也需要氣力。妳必須愛的對象遠在天邊又難以捉摸，因為妳不是其中一分子。」他停下來，心想：很快妳就會崩潰了。他拚命祈禱她能接受他，接受他的安慰。他看著愛莎。她很快就會崩潰。

「我說過，我們的時間不多。知道這是什麼意思嗎？」

她雙手交握放在大腿上，向下看著雙手。史邁利看見她的黃髮底下出現深色的髮根，在想她為何要染髮。看起來她好像完全沒聽見史邁利的問題。

「一個月前，我離開妳家後，開車回到倫敦家中。有個人想殺我。那天晚上，他差點得逞，在我頭上猛敲了三、四下。我才剛出院。幸好我命大。後來租車子給他的人也出事，泰晤士河警方不久前發現他的屍體。沒有打鬥的跡象，只是威士忌喝太多。警方無法理解，因為他已經有好幾年沒靠近那一帶。不過話說回來，我們碰上的人很能幹，對不對？一名訓練有素的殺手。看來，他是想除掉能從薩謬爾．芬南聯想到他的人。或是除掉他的妻子。或是小劇場的那個金髮小姐……」

「你想說什麼？」她低語。「到底想跟我說什麼？」

史邁利忽然想傷害她，想瓦解她最後一絲意志力，想將她當作敵人，消滅殆盡。無助臥病一個月來，愛莎一直讓他心神不寧，愛莎成了一個謎題，一股勢力。

「你們兩個自以為在玩什麼把戲？自以為可以玩弄他們那種勢力，給了一些卻不肯給全部？你以為**自己**可以停止這場遊戲，可以控制妳給他們的力量？芬南夫人，妳珍愛的美夢中，現實的部分少之又少，又算哪門子美夢？」

她把臉埋在雙手中，史邁利看著她淚水流過指縫。她大口啜泣，身體隨之抽動，話語徐徐從口中擠出。

「不，不是美夢。我沒有美夢，只有他。他是有一個美夢沒錯……一個偉大的夢。」她繼續哭泣，茫然無助。史邁利半感勝利，半感羞愧，等待她再次開口。她倏然抬頭看著史邁利，眼淚持續滑下臉頰。「看看我，」她說。「他們留給我什麼美夢？我夢想要長長的金髮，他們卻逼我剃光頭；我夢想要一副美麗的胴體，他們卻用飢餓來迫害我。我看透了人性，又怎麼能相信一套人性公式？我對他說，噢，我對他說了一千遍，『只要沒有法律，沒有巧妙的理論，沒有批判，人們才有可能去愛；但只要給他們一套理論、讓他們發明一套口號，整個遊戲又會從頭開始。』我這麼告訴他，我們整晚討論。結果他不聽，小男孩硬是抱著美夢不放，如果要建造新世界，必定要由薩謬爾．芬南來建造。我告訴他，『你聽好，』我說。『你擁有的東西，全部都是他們給的：房子、金錢、信任。你為什麼要這麼對他們？』他告訴我，『我是**為了**他們才這麼做的。我是外科醫生，總有一天他們會了解。』他是個孩子，史邁利先生，他們把他當孩子一樣牽著走。」

史邁利不敢說話，不敢妄作測試。

「五年前他認識那個狄特。在奧地利加米斯（Garmisch）附近的滑雪小屋。富來塔格⓮後來告訴我們，那也是狄特事先安排好的。狄特因為腳的關係，反正也不能滑雪。當時沒有一件事是真的。富來塔格不是真名。芬南引用《魯賓遜漂流記》的跟班『星期五』，把他取名叫富來塔格。狄特認為很好笑，後來就不再自稱狄特，只提魯賓遜先生和富來塔格。」她這時語氣中斷，以極為微弱的笑容望著史邁利：「對不起，」她說：「講得有點離題。」

「我能了解，」史邁利說。

「那個女孩——你剛說那女孩怎麼了？」

「她還活著。別擔心。繼續說吧。」

「芬南欣賞你，你知道嗎？富來塔格想殺你……為什麼？」

「大概是因為我回來問妳八點半那通晨呼的事。是妳告訴富來塔格的，對不對？」

「噢，天啊，」她說，手指捂著嘴巴。

「我一離開，妳就打電話通知他，對吧？」

「對，對。我那時好害怕。我想叫他快走，他和狄特，走得遠遠的，永遠也不要回來，因為我知道你會查出來，不是今天就是未來的某一天，我知道你最後一定會查出來。他們為什麼不肯放過我？

他們怕我，是因為我沒有夢想，因為我只想要薩謬爾，只想要他平平安安，讓我照顧、讓我疼愛。他們就指望這一點。」

史邁利感到頭顱間歇地痛起來。「所以妳馬上打電話通知他，」他說。「妳先試過報春花的那支號碼，卻沒有接通。」

「是，」她幽幽說。「是，沒錯，不過兩支號碼都是報春花。」

「所以妳打**另一支**電話，備用的……」

她慢步走回窗邊，突然筋疲力盡，全身癱軟；她現在似乎比較開心了——暴風雨過後，她變得更具反省力，也略為滿足。

「對。富來塔格設想周到，總會有替代方案……」

「另一支號碼是幾號？」史邁利進一步追問。他迫切地看著愛莎，愛莎則望向窗外陰暗的花園。

「為什麼要知道？」

他過來站在她身邊，看著她的側臉。他的嗓音突然轉為嚴厲有力。

「我說過那個女孩還活著。妳和我也是。但是別誤會，這種好事不會持續太久。」

她轉向史邁利，眼神帶有恐懼，盯著他片刻，然後點點頭。史邁利挽住她的手臂，帶她回到椅子

⓮ Freitag，德文的「星期五」。

前。他應該替她沖杯熱飲才對。她機械化地坐下，動作像極了即將發瘋之人那種事不關己的態度。

「另一支號碼是九七四七。」

「地址呢？妳知不知道地址？」

「不知道，沒有地址。只有電話。把戲就在電話上。沒有地址，」她說，語氣強調得不太自然，史邁利因此看著她，心裡納悶起來。他突然興起一個念頭，回想起狄特的通訊法。

「芬南死的那天晚上，富來塔格沒有跟妳見面吧？他沒有去小劇場，對不對？」

「對。」

「相約卻沒出現，這是第一次，是不是？所以妳心慌了，提早離開。」

「不……對、對，我心慌了。」

「妳才沒有心慌！妳提早離開是事先約定過的做法。妳為什麼提早離開？為什麼？」

她兩手捂住臉。

「妳還腦袋不清楚嗎？」史邁利大喊。「妳還認為自己能控制得了局面嗎？富來塔格會殺了妳，殺了那個女孩，殺、殺、殺。妳想保護誰？那個女孩或是殺人兇手？」

她啜泣著，不發一語。史邁利彎腰站在她身邊，繼續對她喊話。

「提早離開的原因，讓我來告訴妳吧。我把自己的推論說給妳聽。妳是想趕上衛橋那晚郵件最後一次收送的機會。他沒來，妳沒跟他交換過寄物間的號碼牌，所以遵從指示，將號碼牌寄給他。妳確實知道地址。沒有寫下來，而是記在腦子裡，永遠記得：『如果碰到危機，如果我沒來，就寄到這個地址。』他是不是這麼說？這個地址絕不動用也絕不提起，推說忘記卻永遠記得的地址。對不對啊，妳說！」

她站起來，別開頭，走向書桌，找到紙與鉛筆。眼淚繼續從臉上滾滾落下。她動筆寫下地址，慢得令人痛苦萬分，筆跡走走停停，幾乎每隔一個字就停頓一下。

他將地址拿過來，細心從中折好，放進皮夾。

現在史邁利可以替她泡茶了。

她像剛被人從海上救起的小孩，坐在沙發邊緣，無力的雙手緊抱茶杯，靠在身上。她細瘦的肩膀向前弓起，腳丫與腳踝緊靠。史邁利看著她，認為自己瓦解了極為脆弱、絕不該碰的東西。他覺得自己是橫徵暴斂的惡人，奉上熱茶只為補償拙劣的言行卻於事無補。

他想不出該說什麼。過了一陣子，愛莎說：「他其實欣賞你。他真的很欣賞你……他說你是個聰明的小個子。薩謬爾居然會稱讚別人聰明，讓我吃了一驚。」她慢慢搖頭。讓她微笑的，或許就是薩謬爾這番反應。「他以前常說，這世上有兩種勢力，正面和負面。『我又能怎麼辦？』他會問我。『只因為他們給我麵包，就讓他們毀了他們的收成？創造、進步、權力，人類的全部未來等在他們的門口：我能不讓他們進門嗎？』我告訴他，『可是，薩謬爾，也許沒有這些東西，那些人會比較開心吧？』可你也知道，他對別人的感想不是這樣。

「不過我就是無法阻止他。你知道芬南最奇怪的一點是什麼？想了很多，說了也很多，其實他想做什麼，老早以前就下定了決心。剩下的都是詩。他這人不懂協調，我以前常告訴他……」

「……結果妳只好幫助他，」史邁利說。

「對，我幫他。他想找人幫忙，所以我幫他一個忙。他是我人生的全部。」

「我知道。」

「幫他是個錯誤。你也知道，他是個小男孩，忘東忘西，就像孩子。而且很愛面子。他下定決心要做，卻搞得一團糟。他的想法跟你、我都不同。他的想法就是不一樣。這是他的任務，別的就不必提了。

「事情一開始很簡單。有天晚上，他下班回家，帶了一份電報的草稿，拿給我看。他說，『我覺得應該讓狄特看』——就這樣而已。我一開始無法相信，他居然是間諜。因為他的確是間諜，對不對？後來我漸漸懂了。他們開始要求取得特定的東西。我從富來塔格那裡拿回來的樂譜袋，裡面開始裝了命令，有時候是鈔票。我對他說，『看看他們送來什麼——你想要嗎？』我們不知道怎麼處理那些錢，最後大部分都送了出去，我也不知道為什麼。那年冬天我告訴狄特，他聽了好生氣。」

「哪一年冬天？」史邁利問。

「遇見狄特後的第一個冬天，一九五六，在瑞士穆倫（Murren）。我們在一九五五年一月認識他。就是這樣開始的。我告訴你一件事好了。薩謬爾對匈牙利不屑一顧，要犧牲匈牙利，他連眼皮都不會眨一下。狄特當時很怕他，我知道，因為富來塔格告訴過我。那年十一月，芬南給我東西，要我帶去衛橋，我差點瘋掉。我對他大罵，『槍也一樣，街上垂死的兒童也一樣，你難道看不出來？只有夢想會改變，連血也是一樣顏色。你要的就是這個嗎？』我問他，『為了德國人，你也願意做這件事？如果躺在陰溝裡的人是我，你也願意讓他們這麼對我嗎？』而他只是說，『不會，愛莎，這不能相提並論。』結果我繼續提著樂譜袋去小劇場。你能了解嗎？」

「我不知道。我真的不知道。我想我應該能吧。」

「他是我的一切。他是我的人生。我猜我是想保護自己吧。漸漸地，我變成了這件事的一部分，想停手也太遲了……後來呢，」她壓低嗓音說，「後來有幾次我很高興，因為這世界總算好像替薩謬爾做的事鼓掌叫好。新德國讓我們看不下去。老名字又回來了，我們小時候好害怕的名字。那種嚇人、飽滿的自尊心又回來了，甚至從報上的相片就看得出來，他們順著從前的節奏大步走著。芬南也感受到了，不過後來感謝上帝，他沒看見我看到的東西。

「我們來到德勒斯登郊外的營地，我們曾經住過那兒。我父親半身不遂。他最想念的東西是香菸，我會盡量從營地裡撿垃圾來替他捲菸，當作真正的香菸來抽。有一天，有個守衛看見他在抽菸，笑了起來，其他人過來看，也跟著哈哈大笑。我父親以痲痺的手夾著香菸，已經燒到手指了還不知道。

「對，他們又給了那些德國人槍砲，給了他們錢和制服——這時我倒開始替薩謬爾做的事高興——只高興一下子而已。我們是猶太人，你也知道，所以……」

「對，我知道，我能理解，」史邁利說。「我也看到了，一點點。」

「狄特說你看到了。」

「狄特這麼說？」

「對。他對富來塔格說過。他告訴富來塔格，你是個非常聰明的人。你戰前曾經騙過狄特一次，很久以後他才發現真相，那是富來塔格說的。他說你是他見過最厲害的一個。」

「富來塔格什麼時候告訴妳的？」

她凝視史邁利良久。史邁利從未在任何臉上見過如此的絕望悲悽。他記得她以前說過的話，「從我悲慟誕生的東西已經死了。」他如今總算理解，從愛莎的嗓音中聽出這句話。她最後說，「為什麼要問？不是很明顯嗎？他謀殺薩謬爾的那天晚上啊。

「最好笑的就在這裡，史邁利先生。薩謬爾可以替他們做很多事的時候，不只是東一點情報西一點的情報，而是隨時能接觸到機密，有好多好多樂譜袋可以交換，結果這個時候他們自己內心的恐懼壞了好事，把他們變成禽獸，毀了他們成就的大事。

「薩謬爾總是說，『他們會贏，是因為他們懂狀況；別人會死，是因為他們不懂——為了美夢奮鬥的人會終生奮鬥。』——這是他說的。我知道他們的夢想是什麼，也知道那個夢想會摧毀我們。還有什麼沒被摧毀？就連耶穌的夢想也沒保住。」

「所以說，看見我和芬南在公園散步的人是狄特？」

「對。」

「結果他以為——」

「對，以為薩謬爾背叛了他。所以叫富來塔格殺了薩謬爾。」

「那封匿名信呢？」

「我不清楚。是誰寫的，我不知道。我猜是認識薩謬爾的人吧，是辦公室裡觀察他而且知情的人。或者是牛津的校友。或是黨員。我不知道。薩謬爾也不知道。」

「不過自殺遺書——」

她看著史邁利，臉皮鬆垮下來。她差點再度啜泣。她彎下頭：「是我寫的。富來塔格把信紙帶過來，由我打字。名字事先就簽好了。薩謬爾的簽名。」

史邁利走向她，在她身邊的沙發坐下，握住她一隻手。她轉向史邁利，勃然大怒，開始對他尖叫：「把你的手拿開！你以為我不屬於他們，就會是你的人嗎？給我滾！滾出去殺掉富來塔格和狄特，史邁利先生，讓這場遊戲玩得下去。不過，你別以為我跟你站在同一邊，聽見沒有？因為我是漫遊的猶太女子，在無人之境漫遊，在你為玩具兵布置的戰場上漫遊。你可以踢我，也可以踐踏我，卻絕對絕對不能碰我，絕對不能對我說你很難過，聽見了沒有？趕快給我滾！滾出去殺人！」

她坐在那兒，彷彿冷得直打顫。史邁利走到門口時回頭看。她眼眶裡沒有淚水。孟鐸爾在車上等他。

13 效率低落的芬南

兩人於午餐時間抵達米察姆。彼得・貴蘭姆在車上等他們。

「怎樣，小朋友，有好消息嗎？」

史邁利從皮夾取出一張紙遞給他。「另外有個緊急號碼，報春花九七四七，你最好去查一下，不過我不抱太大希望。」

彼得走進門廳，開始撥電話。孟鐸爾在廚房裡忙了起來，十分鐘後以托盤端來啤酒、麵包與乳酪。貴蘭姆打完電話後不吭一聲坐下，看上去一臉擔憂。「怎樣？」他最後說，「喬治，她說了什麼？」

★

史邁利敘述完當天早上訪談的經過，孟鐸爾決定先告退。

「這樣的話，」貴蘭姆說。「事情就很令人擔心了。好吧，就這樣，喬治，我得在今天把這件事寫成報告，立刻去見馬斯頓。說實在的，抓死掉的間諜並不好玩，而且會惹得很多人不高興。」

「他在外交部能接觸到哪些情報？」史邁利問。

「最近很多。所以外交部才認為有必要找他談談。」

「主要是什麼樣的情報？」

「我還不清楚。一直到幾個月前，他負責的是亞洲事務，不過調職後接觸的東西就不同了。」

「我好像記得是美國事務，」史邁利說。「對不對？」

「對。」

「彼得，他們**為什麼**急著殺掉芬南，你想過沒有？我是說，假設他們想像的沒錯，他**確實**背叛了他們，為何要殺掉他？殺了他，對他們也沒好處。」

「對，我認為的確沒好處。你這樣一提，我倒覺得其中有蹊蹺……假如麥克林或富克斯背叛了他們，我懷疑會發生什麼事。假如他們擔心引發連鎖反應，不只在英國，還會連累到美國，進而牽連全世界呢？會不會就為了避免連鎖反應而殺害他？沒辦法知道的地方還有好多。」

「比方說八點半的晨呼？」史邁利說。

「好吧。在這裡等我電話。到時候馬斯頓一定會想找你。通報了大好消息後，他們肯定會在走廊上跑來跑去。我有一副特別的笑容，保留給通報大災難消息時使用，去找馬斯頓會掛在臉上。」

孟鐸爾送他出門，然後回到起居室。「你最好去休息一下，」他說。「你的臉色真的好難看。」

★

「穆恩特不是在英國，就是在其他地方，」史邁利仍穿著西裝背心，躺在床上思忖著，十指交扣壓在頭下。「如果他人不在英國，我們就沒戲唱了。那樣的話，就要由馬斯頓決定如何處置愛莎．芬南。我猜他的決定是以不變應萬變。

「假如穆恩特人在英國，原因不脫下列三點：一、因為狄特叫他留下來，靜候塵埃落定；二、因為他聲名狼藉，害怕回國；三、因為他仍有任務待完成。

「一，不可能，因為冒不必要的風險不是狄特的作風。再怎麼說，整個假設也不太健全。

「二，不太可能，因為儘管穆恩特可能害怕狄特，他勢必也擔心謀殺的罪名。最明智的抉擇是出國。

「三，比較可能。如果我是狄特，會對愛莎．芬南擔心得半死。皮金那女孩無關緊要；沒有愛莎提供線索，那女孩不至於構成真正的威脅。她沒有參與串謀，因此也沒理由特別記住與愛莎相約在小劇場見面的朋友。構成真正威脅的人是愛莎。」

最後仍有一項可能，而史邁利無從拿捏起：狄特可能有其他情報員，透過穆恩特供他操縱。整體而言，史邁利傾向於排除這個可能性，但彼得無疑考慮過這一點。

不會吧……仍無法解釋全局。他決定重新開始思考。

★

已知線索有哪些？他坐起身子，尋找鉛筆與紙，頭立刻隱隱發疼。他不顧頭痛，下床從西裝外套的內口袋取出鉛筆，行李箱中有本筆記簿。他回到床上，將枕頭拍成自己滿意的形狀，從桌上的阿斯匹靈藥罐倒出四顆吞下，上身靠著枕頭，短腿向前伸出。他開始動筆。首先他以整齊又具有學究氣息的筆跡寫下標題，在下面劃線。

「我們已經知道的有哪些？」

接著他開始分階段描述事件至今的來龍去脈，盡可能不帶感情：

「一月二日，星期二，狄特．弗萊看見我在公園與他的情報員聊天，認定了……」狄特**究竟**認定了什麼？認定芬南已經供出內幕，或準備供出內幕嗎？認定芬南成了**我的**情報員？「……認定芬南造成威脅，原因至今未明。翌日是一月的第一個週三，晚間愛莎．芬南提著樂譜袋，將丈夫的報告帶至衛橋劇團，依協定過的方式將樂譜袋留在寄物間，換取號碼牌。穆恩特原本應以同樣的方式寄放自己的樂譜袋，然後在戲劇進行中交換號碼牌。但穆恩特並未現身。因此她遵循緊急程序，將號碼牌寄去事先約定好的地址。她提前離開小劇場，以趕上衛橋郵局最後一班收件車。隨後她開車回家，見到已經謀殺了芬南的穆恩特。穆恩特可能是奉狄特之命，在門廳撞見芬南，近距離予以槍殺。我熟知狄特的作風，懷疑他為防範未然，事先在倫敦保留幾份薩謬爾・芬南的簽名白紙，簽名是真是假不得而知，以便萬一有必要暴露其身分或作為勒索之用。假設事實如此，穆恩特隨身帶來一份簽名的白紙，利用芬南本人的打字機，在上面打出自殺遺書。愛莎回到家後，場面必定悽慘混亂，穆恩特這才發現狄特誤解了芬南與史邁利見面的氣氛，但穆恩特仍需要靠愛莎來維持亡夫的名聲——更需要湮滅她涉案的證據。穆恩特因而相對地安全。穆恩特命令愛莎打出遺書，也許因為對自己的英文能力缺乏自信。（備註：可是，**第一封信**，也就是檢舉信，究竟是誰打的？）

「依推測，穆恩特隨後要求愛莎交出他沒領到的樂譜袋，但愛莎告知她已遵守指示，將寄物間的號碼牌寄去位在漢普斯特的地址，並將樂譜袋留在小劇場。穆恩特反應激烈：逼她立即致電劇團，安排由他當晚在返回倫敦的途中領回樂譜袋。由此可見，該地址若非已經無效，就是穆恩特隔天清晨必須返國，無暇等候郵差送來號碼牌、再前往小劇場領取樂譜袋。

「一月四日星期三上午，史邁利前往沃里斯頓，**首次**與愛莎面談，期間於八點三十接到總機來電。這通晨呼是（基於合理的懷疑）芬南於前一天晚上七點五十五預約。為什麼？

「當天上午稍後，史邁利重回愛莎・芬南家中，詢問八點三十的晨呼一事——她自知（她個人也承認）這通電話『讓史邁利想不透』（無疑是因為穆恩特向她誇大我的能耐，才產生這種效果）。向史邁利胡謅記性欠佳的說法後，愛莎心慌之餘致電穆恩特。

「據推測，穆恩特透過狄特，持有史邁利的相片或得知史邁利的外表，決定除掉史邁利（由狄特授權？）而於當天稍後幾乎得手。（備註：穆恩特直到四日晚間才將租車開到司卡俄的修車廠歸還。這並不代表穆恩特沒有計畫在當天稍早返國。假如他原本準備早上搭飛機離開，可以早一點將車歸還司卡俄，再搭公車前往機場。）

「愛莎致電穆恩特後，穆恩特因此改變計畫，這個可能性相當大。不清楚的是，他是否真因這通電話的內容改變計畫。」穆恩特果真因愛莎這通電話而恐慌起來嗎？結果不得不留在英國，並殺了亞當．司卡俄？

門廳的電話鈴響。

「喬治，我是彼得。地址和電話號碼都查不出什麼。死路一條。」

「什麼意思？」

「電話號碼的地點和地址是同一個地方，都是海格村（Highgate）的一個附家具的公寓。」

「還有呢？」

「租給歐航的一個機長。在一月五日繳了兩個月的房租，之後就不見人影。」

「可惡。」

「房東太太倒是清楚記得穆恩特，說他是機長的朋友。以德國人來說，是個溫文有禮的紳士，非常慷慨。他以前常睡在沙發上。」

「噢，天啊。」

「我在公寓裡做了趟地毯式搜索。角落有張辦公桌，所有抽屜都是空的，只有一個擺著寄物間的號碼牌。我懷疑這號碼牌來自……好吧，如果你想開懷一笑，就過來圓環一趟。整個高層氣得動了起來。噢，對了——」

「什麼事？」

「我到狄特的公寓搜了一陣，也沒有結果。他在一月四日離開。沒通知送鮮奶的人。」

「他的信件呢？」

「除了水電帳單外沒有別的。我也看了一下穆恩特同志的小窩：兩個房間，樓下是鋼鐵代表團。家具跟其他東西全搬光了。抱歉。」

「了解。」

「有件事很怪，喬治。記得我不是想看看芬南的遺物嗎？皮夾、筆記簿之類的？在警方哪裡。」

「記得。」

「我看過了。他的日記在地址部分記載了狄特的全名，附上代表團的電話號碼。膽子好大。」

「不是膽子大，是精神失常。天啊。」

「一月四日那天他記下『史邁利，地點完全釣手。八點三十分電話。』三日那天寫的是『預約週三晨呼』，佐證了四日的內容。也解釋了你念念不忘的那通神祕電話。」

「還是沒有解釋清楚。」他沉默下來。

「喬治，我派菲立思．塔文納去外交部打探風聲，得到的消息一方面比我們擔心的更嚴重，另一方面則比預料的還好。」

「怎麼說？」

「塔文納弄到過去兩年的登錄處調閱時間表，也能查出芬南的單位調出的檔案。各單位請求調閱檔案時，仍然必須填寫調閱單。」

「繼續說。」

「塔文納找到芬南請調的三、四個檔案，通常在星期五下午調出，星期一早上歸還，由此推測他週末把東西帶回家。」

「噢，我的天啊！」

「不過，喬治，怪就怪在過去六個月，在他調職之後，他帶回家的東西往往是『無保密等級』的檔案。這種東西誰都不會感興趣。」

「可是，就是在過去這幾個月，他才開始處理機密檔案啊，」史邁利說。「想帶什麼東西回家都行。」

「我知道，不過他沒有。事實上，幾乎可以說他故意不帶機密檔案回家。他帶回家的東西，等級都非常低，幾乎跟他的日常職務無關。他的同事現在回想起來也覺得奇怪——他帶回家的東西，其主題甚至不屬於他單位主管的範圍。」

「而且沒有機密可言。」

「對，想不出有何情報價值。」

「之前呢？在他轉調新工作之前呢？他帶什麼東西回家？」

「不太出人意外的東西——白天辦公時會用上的檔案，政策之類的東西。」

「機密嗎？」

「有些是，有些不是。辦公用的資料。」

「沒有出人意表的東西？沒有特別敏感又跟他扯不上關係的東西？」

「沒有。一個也沒有。老實講，想拿的話，他的機會多得是，他卻沒有利用。大概是神經質吧。」

「居然把指揮人的姓名寫在日記裡，為人未免神經質。」

「接下來這一點隨你怎麼解讀：他向外交部請了四號那天的假——就是他死後隔天。看來很奇特——聽說他是工作狂。」

「這些線索，馬斯頓怎麼處理？」史邁利猶豫了一下問道。

「現在正在看檔案，每隔兩分鐘衝進來問我白痴問題。我覺得他在那裡碰上了道地的事實，覺得很寂寞。」

「算了吧，彼得，道地的事實他看得下去，別擔心。」

「他已經在嚷嚷，說反證芬南自殺的證據全靠一個瘋婆子的說法。」

「多謝你來電，彼得。」

「待會見了，老兄。盡量保持低調。」

史邁利放回聽筒，心想孟鐸爾哪裡去了。門廳桌上擺著晚報，他大概瞄了一下標題「私刑事件引發全球猶太人抗議」，報導的是杜塞道夫（Dusseldorf）一名猶太裔店主遭人動私刑示眾。他打開起居室的門——孟鐸爾也不在裡面。後來他瞥見孟鐸爾正在窗外，戴著園藝帽，手持十字鎬在前花園猛砍著樹幹殘根。史邁利看了他一陣，然後回樓上休息。來到樓梯最上層時，電話又響起。

「喬治，抱歉又來打攪你。是穆恩特的消息。」

「怎麼？」

「昨晚搭英國歐陸航空飛去柏林。用的是假名，不過問一下空中小姐就知道他用的身分了。就這樣。運氣真背。」

史邁利按下話筒溝片刻，然後撥沃里斯頓二九四四，聽見對方鈴響，然後陡然停止，接著傳來愛莎．芬南的聲音：

「哈囉……哈囉……**哈囉**？」

他緩緩放回話筒。愛莎還活著。

為何**現在**才走？穆恩特為何現在才回德國？在謀殺了芬南五個星期之後、謀殺了司卡俄三星期之後？為何解決了危險性較低的司卡俄，反而不碰愛莎．芬南一根汗毛，而愛莎個性神經質又心懷不滿，隨時可能撇下個人安危不顧，全盤托出？那晚發生了可怕的事，究竟對她產生何種影響？狄特如何信得過一個與他關係如此淺薄的女人？丈夫的英名不保，她是否因此存心報復或希望悔過，一氣之下說出全盤事實？顯然，謀殺了芬南之後，必須隔一段時間才能接著謀殺他的妻子；然而，究竟因何事件、接獲了什麼訊息、受到了何種威脅，穆恩特才決定在昨晚回德國？原本計畫將芬南叛變的祕密蒙在鼓裡，計畫得縝密無情，如今進行到一半，為何卻一走了之？昨天發生了什麼事，讓穆恩特得知了？或者他離開英國的時間只是一個巧合？史邁利拒絕相信純屬巧合的解釋。如果穆恩特殺害兩人、突襲史邁利後仍留在英國，一定留得不太甘願，等待機會或事件還他自由之身。若無必要，他不會多待一刻。然而，殺害司卡俄之後，他做了什麼？藏匿在隱蔽的房間裡，不見天日也不接觸新聞吧。這麼說來，他為何又突然飛回德國？

再看看芬南——眾多寶貴情報唾手可得，為何專挑無關痛癢的情報給主子，這又算哪門子的間諜？也許是改變心意了？開始優柔寡斷嗎？如果是這樣，他為何不向妻子表明？畢竟妻子對他犯的罪過於心難安，如今丈夫改過自新，應該會讓她高興才對。如今看來，芬南對機密文件無特殊偏好，只是將目前處理的檔案帶回家。可是，優柔寡斷絕對可以解釋相約在馬洛見面的怪事，也可解釋狄特深信芬南背叛了他。話說回來，黑函又是誰的傑作？

完全不合理。芬南本人頭腦精明、口齒流利、個性迷人，矇騙他人時手法自然而熟練。史邁利是真的欣賞他。為何幹練的情報員竟犯下令人難以置信的錯誤，將狄特的姓名寫在日記中？而且選擇情報時判斷能力極差，對機密也不報太大的興趣？

史邁利上樓，收拾好孟鐸爾先前替他從水濱街帶來的少數幾樣東西。沒事了。

14 德勒斯登三人組

他站在門口，放下行李箱，摸索著鑰匙。打開房門時，他回想起穆恩特曾站在門口打量他，以顏色極淡的藍眼珠直盯著他瞧，算計著。很難將穆恩特想像為狄特的徒弟。穆恩特的手法沒有彈性，是訓練有素的傭兵——有效率、果斷堅強、眼界狹隘。他的技巧當中找不出獨到之處，充其量只是師傅的影子，彷彿狄特的機智與神乎其技的把戲全濃縮成一份手冊，由穆恩特默記在心，只加上一抹個人的殘暴野性。

史邁利刻意不留下轉寄的地址，因此門前踏墊上堆了一疊郵件。他彎腰拾起，放在門廳桌上，開始打開內門，四下張望，一臉疑惑、茫然的表情。房子讓他感到陌生，既冰冷又濕臭。他慢慢從一處移到另一處，終於第一次理解自己的人生變得多麼空虛。

他尋找火柴，想點燃暖爐，卻遍尋不著。他在客廳的扶手椅坐下，雙眼遊走在書架與旅遊時收集的小玩意兒上。安恩離開他時，他開始努力消除她留下的所有痕跡。他甚至丟掉她的書。但逐漸地，他允許留下一些碩果僅存的物品，這些東西連結起兩人的世界，而他讓允許它們再次占據地盤——好友贈送的結婚禮品，意義過於重大，捨不得丟掉。也有彼得·貴蘭姆致贈的一幅華托[15]的素描，以及司第艾斯培贈送的德勒斯登三人組。

他從椅子上起身，走向陳列三人組的角落櫥櫃。他喜歡欣賞這三個小瓷人，其中一個是俗麗妖豔的女子，身穿牧羊女的服裝，雙手伸向愛慕她的男子，小臉則對另一人拋媚眼。牧羊女脆弱而完美，使得史邁利自慚形穢，像似站在安恩面前、希望征服她的感覺，而征服她之後驚動了上流社會。不知何故，這些小人像撫慰了他的心靈——期望安恩謹守婦道，就如同期望嬌小的牧羊女乖乖待在玻璃盒裡一樣荒唐可笑。大戰前，司第艾斯培在德勒斯登買下這組人像，是他寶貝的收藏品，後來卻當作結婚禮物送給他。也許司第艾斯培當初就猜到，總有一天，史邁利可能需要三人組透露出的那套簡單哲學。

德勒斯登。所有德國城市中，史邁利最喜歡德勒斯登。他喜歡德勒斯登的建築，喜歡其中夾雜中世紀與古典建築，有時令他聯想起牛津，有圓頂，有高塔，有尖塔，有烈日下蒸騰的青銅綠屋頂。德勒斯登一詞的本意是「森林居民之鎮」，正是在這裡，波西米亞國王文西斯勞斯（Wenceslas）御賜吟遊詩人禮物與特權。史邁利記得上一次造訪德勒斯登是探望教書期間的友人，對方是他在英國認識的一位文獻學教授。就是在那時，他瞥見了狄特．弗萊，在監獄庭院裡掙扎前進。他至今仍能看見他——高大、憤怒，外貌因剃了光頭而不變，整個人似乎變得太大，小小的監獄容不下他。德勒斯登，他也記得，是愛莎的出生地。他記得在部內瞥見愛莎的個人資料：愛莎本姓輔萊曼，生於一九一七年，出生地德國德勒斯登，雙親皆為德國籍；在德勒斯登接受教育：一九三八至四五年遭監禁。他盡量以愛莎故鄉的背景來想像她：顯貴的猶太家庭在屈辱與迫害中苟延殘喘。「我夢想要長長的金髮，他們卻逼我剃光頭。」愛莎為何染髮，他回想起來，記憶之清晰令他作嘔。她原本可出落得有如這位牧羊女，胸部渾圓、美貌可人，無奈飢餓折損了肉體，變得既衰弱又醜陋，宛若小鳥的骨架。

他也能想像出事那晚的情景：她發現凶手站在丈夫屍體旁，驚恐不已。他也能聽見愛莎上氣不接下氣、啜泣著解釋為何芬南陪史邁利在公園散步。他也想像到穆恩特無動於衷，說明著、理論著，最後逼她再次違背己願，犯下最可怕、最沒必要的罪行，拖著她去打電話給小劇場，最終留下備受折騰、筋疲力盡的她，讓她自行應付隨之而來的偵訊調查，甚至逼她在芬南事先簽好姓名的白紙上打出不具說服力的遺書。這種欠缺人性的舉動令人難以置信，史邁利想，而且為穆恩特本身帶來極大的風險。

她當然以過去的表現證實自己是夠可靠的共犯，頭腦冷靜，而且諷刺的是，間諜手法比芬南更加純熟。此外，一個女子前一晚才目睹丈夫陳屍的慘劇，第一次接受調查時能有那樣的表現著實令人嘖嘖稱奇。

史邁利站著凝視小牧羊女，看著她永遠靜止在兩位仰慕者之間，這才不帶感情地悟出，薩謬爾・芬南一案另有破解之道，能解釋全案大小細節，能破除與芬南個性相左的矛盾之處。這番頓悟一開始時是純學術答辯，暫將個性撇到一旁；史邁利將涉案人物當作片片拼圖，東扭西轉，以符合既有事實的複雜架構；霎時間，圖樣重新組合而成，遊戲確定到此結束。

⓯ Watteau, 1684-1721，法國風俗畫家。

他的心跳加速。他以愈來愈驚訝的心情將故事過程重述給自己聽，在頓悟之後重建現場與事件。他現在知道為何穆恩特要等到那天才離開英國，為何芬南挑給狄特的情報價值甚少，也明瞭他為何預約八點三十的晨呼，知道為何妻子逃離了穆恩特按部就班的毒手。現在他終於知道黑函出自何人之手，也看出自己如何被個人的情緒，還有自己的腦筋所矇騙。

他走向電話，撥了孟鐸爾的號碼。通話一結束，他立刻致電彼得．貴蘭姆。隨後他戴上帽子、穿上大衣，轉過街角，來到史隆廣場。他來到彼得．瓊斯百貨（Peter Jones）旁的小書報攤，買了一張西敏寺的風景明信片，然後走到地下鐵車站，搭車到海格，接著下車。他來到郵政總局買了張郵票，以生硬的歐陸筆法，用大寫字母拼出愛莎．芬南的地址。在通信欄他以尖尖的書寫體寫下：「願妳在此。」他寄出明信片，記下時間，然後重返史隆廣場。接下來就不需要他再多做什麼了。

★

那晚他睡得安穩，隔天早晨是星期六，他早早起床，繞過街角去購買牛角麵包與咖啡豆。他煮了不少咖啡，坐在廚房裡讀《泰晤士報》、享用早餐。他的心情異常平靜。電話終於響起時，他小心翼翼先摺好報紙，才下樓接聽。

「喬治，我是彼得——」口氣急促，近乎得意。「喬治，她上當了，我發誓她上當了！」

「怎麼說？」

「郵差在八點三十五分準時抵達。九點三十不到，她就快步上街，迅速往火車站走去，搭上九點五十二到維多利亞的班車。我派孟鐸爾上車跟蹤她，自己開車追過去，可惜開到車站時，火車早已經到站了。」

「你之後怎麼跟孟鐸爾連絡上？」

「我給了他葛洛斯芬諾旅館的電話號碼，我人就在這裡。他一有機會會立刻打給我，我再過去與他會合。」

「彼得，這事你辦得挺游刃有餘嘛。」

「是啊，優游得像風一樣，老兄。我認為她腦筋失常了。跑得像灰狗似的。」

史邁利掛斷電話，拾起《泰晤士報》，開始研究戲劇專欄。他一定錯不了……他一定是對的。

★

同天上午，時間慢如蝸步，令人心焦。有時候，他會站在窗口，雙手插在口袋裡，望著長腿的肯辛頓女孩逛街，有身穿淡藍套頭衫的年輕俊男陪伴。他也望著洗車大隊開心地在門前賣命，然後聊聊汽車經，最後往同一條路果斷地走去，去買週末的第一瓶啤酒。

經過似乎漫無盡頭的一段時間，前門總算響起鈴聲，孟鐸爾與貴蘭姆進門，愉快地咧嘴笑，而且飢腸轆轆。

「魚鉤、釣線、鉛錘，」貴蘭姆說。「不過還是讓孟鐸爾來告訴你——實地工作多半由他負責。我只負責最後進場宰殺。」

孟鐸爾詳實重述事件原委，目光集中在眼前幾呎的地上，細瘦的頭微微偏向一側。

「她搭上九點五十二的火車到維多利亞。我在火車上跟她保持距離，在她通過出口時趕上她。她接著搭計程車到哈墨石密（Hammersmith）。」

「計程車？」史邁利插嘴。「瘋了不成？」

「她嚇到了。她走路本來就比一般女人快，幾乎是一路衝向月臺。到了百老匯站下計程車，走到歇爾丹（Sheridan）戲院便伸手想推開售票處的門，不過門是鎖上的。她遲疑了一下，接著轉身走向同一條路上一百碼外的咖啡館。她點了杯咖啡，隨即買單。四十分鐘後，她走回戲院。售票處開了，我在她後面躲躲藏藏，跟著排隊。她買了下星期四的兩張後排座位，T排二十七和二十八號。走出戲院後，她把一張票裝進信封，封起來寄出。我看不見地址，不過知道信封貼的是六便士郵票。」

史邁利動也不動地坐著。「我在想，」他說：「我在想他會不會來。」

「我在戲院才跟孟鐸爾會合，」貴蘭姆說：「他看見愛莎走進咖啡館，然後打電話給我。之後他繼續跟蹤愛莎。」

「當時我也想喝咖啡，」孟鐸爾繼續說。「貴蘭姆先生陪我喝。之後我留下他，自己過去排隊買票，他稍後溜出咖啡館。我跟蹤得很巧妙，沒有被她發現。她被緊急約見的明信片嚇到了，我敢肯定。不過她並沒有起疑。」

「之後她做了什麼？」史邁利問。

「直接回維多利亞。我們沒再繼續跟蹤。」

三人沉默了片刻，然後孟鐸爾開口：「接下來呢？」

史邁利眨眨眼，以專注的眼神凝視孟鐸爾灰色的臉。

「去歐爾丹預約星期四的門票。」

★

他們離開後，又只剩史邁利一人。他仍未開始處理不在家時累積的大量信件。有公文，有黑泉書店（Blackwells）的目錄，有帳單，有常見的肥皂折價券、冷凍豌豆折價券、簽賭足球的表格，也有幾封私人信函，擺在門廳桌上仍未開啟。他把信件帶進起居室，在扶手椅上舒服坐下，先拆私人信件。一封寄自馬斯頓，他愈讀愈覺得尷尬。

親愛的喬治，

從貴蘭姆那兒得知發生在你身上的意外，本人甚感遺憾，希望現在已經完全康復了。

你或許記得，出事前曾在盛怒之餘遞出辭呈。我想讓你知道，我當然不會認真看待這件事。有時候諸多事情一起壓下來，我們難免顧近不顧遠。只是，喬治，像你我這樣的老手，不會輕易放掉老交情。等到你恢復體力，我期望再次見到你加入我們的行列，目前我們依舊將你視為部屬裡忠誠而資深的一員。

史邁利將這封信擺到一旁，繼續看下一封。一時間，他認不出筆跡；一時間，他淒涼地看著上面的瑞士郵票，看著高貴的旅館信紙。忽然間，他微微感到頭暈、視線模糊，手指軟弱得幾乎連撕開信封的力氣都沒有。她究竟想做什麼？如果要錢，他名下所有財產儘管拿去。錢是他自己的，要怎麼花隨他喜好；如果浪費在安恩身上能帶給他樂趣，他也不惜揮霍一番。他擁有的東西之中，除了錢之外已無法給安恩了——錢以外的東西，安恩早已悉數帶走。她帶走了史邁利的勇氣、愛情、同情心，快快活活地放進她的小珠寶盒裡，偶爾在古巴午後豔陽下、時光難以消磨時，拿出來把玩一下，也許在她最新的男友眼前炫耀著，甚至與前後任男友送的類似玩意兒比較一番。

小親親喬治，

我想對你提出沒有紳士願意接受的要求。我想回到你身邊。
我住在蘇黎士的波奧拉酒店，到月底才走。請讓我知道。

安恩

史邁利拾起信封，翻過來看背面：「艾維達夫人」。沒錯，那樣的要求確實沒有紳士能接受。安恩離去時口中淨是甜膩的西班牙文，男友臉上掛著柳橙皮般的淺笑，再美妙的夢想也熬不過這種情境的試煉。史邁利曾見過艾維達在蒙地卡羅賽車獲勝的新聞影片。他記得這人最令人反感之處，莫過於他毛茸茸的手臂。戴上了護眼罩、沾著機油，套了一圈可笑的月桂頭冠，他簡直與跌落樹下的人猿無異。他的上身是白色短袖網球衫，賽車過程中竟能保持潔白，將一對黑色的猴臂襯托得更加顯眼，令人不敢恭維。

安恩的作風就是這樣：請讓我知道。挽回你的人生，看看能否再活一次，請讓我知道。我厭倦了我的情人，而我的情人也厭倦了我，讓我再度粉碎你的世界吧：我自己的世界讓我覺得索然無味。我想要回到你身邊……我想，我要……

史邁利起身，安恩的信仍在手中。他再次站在三人組的瓷娃娃前方，凝視著小牧羊女好幾分鐘。她真的好美。

15 最後一幕

歐爾丹推出的《愛德華二世》共三幕，座無虛席。觀眾席面對舞臺形成大弧度的U形，貴蘭姆與孟鐸爾坐在一起，位於弧形的最尾端。從其他位置無法看見後排座位，但弧形的最左邊卻能掌握後排座位的動靜。貴蘭姆身旁有個空位，隔開了吱喳期待的年輕學生。

兩人若有所思地向下看著騷動的人海，頭部上下擺動、節目單翻上翻下，只要後來的觀眾入座，就會引發陣陣騷動。這情境讓貴蘭姆聯想到東方舞蹈：手腳小小的動作能帶動原本沒動作的身體。偶爾他會瞥向後排，卻仍不見愛莎．芬南與客人的蹤跡。

正當唱片播放的序曲即將結束，他再次向後排兩張空位瞄了一眼，心臟陡然震了一下，因為他瞧見了愛莎．芬南瘦弱的身影，毫無動作地端坐著，兩眼直盯戲院另一邊，如同幼童在上禮儀課程。她右邊的座位，亦即最靠近走道的座位，仍無人就座。

★

歐爾丹外的街上，計程車匆忙停靠在戲院門口，有頭有臉的人物與身分卑微的人物交錯，一面急忙多給司機小費，一面花五分鐘尋找門票。史邁利的計程車駛過戲院，讓他在克萊仁頓旅館下車。他一進旅館，直接下樓到餐廳與吧臺。

「我在等一通電話，隨時會打來，」他說。「我姓薩威吉。有人找我，麻煩通知我一聲。」

酒保轉向背後的電話總機告知。

「請給我一小杯威士忌加蘇打；我請你喝一杯。」

「不用了，謝謝，我不沾酒。」

★

燈光微弱的舞臺上，布幕升起，貴蘭姆拚命凝視觀眾席的後方，目光極力想穿透突如其來的黑暗，卻什麼也看不見。等到視線逐漸適應了緊急燈的微光，總算能在半明半暗之中分辨出愛莎；身邊座位依舊無人。

後排座位與走道僅以矮牆隔開，而走道繞過觀眾席後方，後面的幾扇門通往門廊、吧臺與寄物間。極短的片刻間，其中一扇門打開，一道渾濁的光線打在愛莎．芬南身上，彷彿事先安排過，細細的光柱照亮了她半邊臉，讓凹陷之處相形之下顯得黑暗。她微微偏著頭，彷彿傾聽身後傳來的聲響，從座位上起身一半，然後坐下；原來不是，於是恢復先前的神態。

貴蘭姆感覺孟鐸爾一手拉住他的手臂，因此轉頭，看見孟鐸爾的瘦臉猛地伸過來，望向另一邊。貴蘭姆順著孟鐸爾的視線，也望向戲院的通風井，一個高大的人影正緩緩走向後排；這人令人過目難忘，英挺逼人，一撮黑髮垂在額頭上，令孟鐸爾兩眼發直，看著優雅的巨人跛足踏在走道上。這人散發出獨特的氣息，扣人心弦卻也叫人心神不寧。戴著眼鏡的貴蘭姆也在觀察他前進，走得緩慢而細心，一顛一跛，欣賞他風度翩翩的走姿。他與眾不同，是能留下深刻印象的人，是能引起內心回響的人，是能引發普世共鳴的人：對貴蘭姆而言，他是眾人傳奇夢想的活生生代表：與康拉德同立於船桅上、與拜倫一齊追求失落的希臘，與哥德一同造訪古典與中世紀的地獄。

他將健全的腿猛伸向前走著，散發出一種叛逆，一種發號施令的感覺，令人無法視而不見。貴蘭姆注意到觀眾轉頭，目光順從地跟隨他前進。

貴蘭姆推開孟鐸爾，快步走到緊急出口，進入後面的走廊，下了幾個臺階，最後抵達門廊。售票處已經關閉，但售票小姐仍一臉無望地細看一頁東西，滿是辛苦彙整的數字，到處是修正、塗改的痕跡。

「對不起，」貴蘭姆說：「我非借用你們的電話不可——事關緊急，可以嗎？」

「噓！」她以鉛筆對貴蘭姆不耐煩地揮舞，頭也不抬。她的頭髮蓬亂如鼠毛，肌膚閃現油光，顯露疲態，顯示習慣晚睡，正餐只吃薯條。貴蘭姆等候片刻，心想她不知還需多久才能算出答案，讓糾纏如蜘蛛網的數字符合身邊打開的錢櫃裡的紙鈔與銅板。

「妳給我聽好，」他催促；「我是警察，樓上有兩個傢伙想偷錢，現在總可以讓我打電話了吧？」

「噢，拜託，」她以疲憊的嗓音說，總算首度抬頭看貴蘭姆。她戴著眼鏡，外表極為平凡，表情不帶警覺性。「要是錢被偷光了，我更高興。錢的事情快把我逼瘋了。」她把數字推到一邊，打開售票小亭的側門，讓貴蘭姆擠進來。

「不太豪華吧？」女孩咧嘴笑。她的嗓音帶有一點修養，或許是倫敦的大學生，晚上出來賺外快，貴蘭姆想。他撥電話到克萊仁頓飯店找薩威吉先生，幾乎話一說完就聽見史邁利的聲音。

「他來了，」貴蘭姆說，「一直坐在裡面，一定是另外買了門票；他坐在前面的座位。孟鐸爾突然看見他跛著腳出現在走道上。」

「跛著腳？」

「對，不是穆恩特。是另一個，狄特。」

史邁利沒有回應，一會兒後貴蘭姆說：「喬治——你還在聽嗎？」

「彼得，我看算了吧。我們想抓的人不是弗萊。告訴其他人，狀況解除，今晚不會碰到穆恩特了。第一幕結束了嗎？」

「快到休息時間了。」

「我二十分鐘後到。一定要盯緊愛莎。如果他們離開，兩人各走各的路，孟鐸爾就負責跟蹤狄特。你待在門廊，等到最後一幕，以免他們提早離席。」

貴蘭姆放回聽筒，轉向售票小姐。「謝謝，」他說，在桌上放下四便士。她趕緊收攏硬幣，用力推回貴蘭姆的掌心。

「看在老天的份上，」她說，「別再替我添麻煩了。」

他走到外面的街上，向人行道上蹓躂的便衣交代了幾句。然後匆匆走回戲院，再與孟鐸爾會合，而第一幕正好落幕。

★

愛莎與狄特坐在一塊兒，兩人高高興興地在聊天，狄特笑著，愛莎手舞足蹈、眉飛色舞，宛若傀儡，在演師手中神氣活現。孟鐸爾看著兩人看得出神。狄特說了一句話，令愛莎大笑，接著靠向前去，將手放在他的手臂上。孟鐸爾看見愛莎纖細的手指搭在他的晚禮服上，也看見狄特偏頭過去，對愛莎說了什麼悄悄話，愛莎因此再度大笑。孟鐸爾看著，戲院燈光暗了下來，對話聲響也逐漸消散，觀眾很快準備觀賞第二幕。

★

史邁利離開克萊仁頓旅館，慢慢地走在人行道上，往戲院前進。他思考了一陣，這時總算理解，狄特自己出馬其實合乎邏輯，因為派穆恩特過來等於是瘋了。他心想，再過多久，愛莎與狄特才會發現狄特並未主動找她出來，而狄特也沒有透過可信的信差遞送那張明信片。如果被他們發現，就有好戲看了。他現在只希望能有機會再與愛莎面談一次。

幾分鐘後，他悄悄溜進貴蘭姆旁邊的空位。他已經很久沒見過狄特了。

★

狄特沒變。同樣是淒美絕倫的男子，帶有巫醫般的魔力；同樣是令人過目難忘的身影，曾經在殘破的德國奮鬥過，擇善固執、手段邪惡，猶如北方神祉般陰森敏捷。當晚在俱樂部裡，史邁利對貴蘭姆和孟鐸爾說謊。狄特確實是不成比例，他的狡猾、自大、力氣與夢想，全都大於常人，再多歷練也無法稀釋。他的思想與行動都是說一不二、斬釘截鐵，沒有耐心，也不願妥協。

史邁利坐在漆黑的戲院裡，隔著大批沒有動作的臉孔望著狄特，此時往事重回腦海，憶起兩人共歷的險境，想起兩人推心置腹，將自己的命運託付在對方手裡……短暫一秒間，史邁利納悶狄特是否看見了他，感覺狄特的視線投射在他身上，在微弱的燈光中望著他。

第二幕接近尾聲時，史邁利起身；布幕放下時，他急忙往側門走去，謹慎地在走廊等候，最後鈴聲響起，最後一幕即將開始。休息時間結束前，孟鐸爾過來找他，貴蘭姆走過兩人面前，在門廊站崗。

「有狀況，」孟鐸爾說。

「他們吵起來。愛莎看起來很害怕。她一直在說什麼，狄特卻只是搖頭。我認為她慌了，而狄特看上去憂心忡忡。他開始在戲院裡面四下張望，似乎覺得被困住了，衡量著周遭環境、擬定計畫。他向你剛才坐的地方看了一眼。」

「他不會讓愛莎單獨離開，」史邁利說。「他會等著，跟人潮一起出去。到最後他們才會離開。他大概認為自己被包圍了，所以寧願退而求其次，在人群中突然與愛莎分開，放走愛莎，叫我們慌張一下。」

「我們的策略是什麼？為何不能直接過去抓人？」

「我們先等等看；我也不知道為什麼。我們沒有證據。在馬斯頓決定出手前，我們沒有殺人的證據，也沒法子證明他們從事間諜活動。不過記住這一點：狄特不並知道。如果愛莎坐立難安、狄特擔心起來，他們會採取行動，我敢保證。只要他們認為自己陷在設好的局裡，我們就有機會獲勝。讓他們逃跑、恐慌，什麼都行。只要他們採取行動……」

戲院裡又暗了下來，但史邁利以眼角餘光瞥見狄特靠向愛莎，對她說悄悄話。他的左手攫住愛莎的手臂，整體的態度是急著想說服對方、讓對方寬心。

戲劇持續演出，士兵的叫喊聲與精神錯亂的國王慘叫聲充斥著戲院，最後劇情來到最高潮，國王慘死，下方座位傳來隱約的嘆息聲。狄特現在一手摟住愛莎的肩膀，使得薄薄的披肩在後頸的皺摺更加明顯，將她當作沉睡的女童般呵護著。兩人維持這個姿勢，直到最終落幕。兩人都沒鼓掌，狄特四下尋找愛莎的手提包，對她說了放心的話，將手提包放到她大腿上。她微微點頭。一陣鼓聲提醒觀眾起立聆聽國歌。史邁利直覺地站起身，驚覺孟鐸爾已不見人影。狄特慢慢起立，史邁利這才察覺不對勁之處——愛莎仍坐在原位，儘管狄特輕輕要求她起立，她仍未做出回應。她的坐姿略嫌隨便，頭向前低垂的模樣有些……

國歌唱到最後一段，史邁利衝向門口，在走廊上狂奔，步下石階來到門廊。但還是晚了一步——第一批急著離場的觀眾朝他湧來，上街招呼計程車。他在人群中焦急尋找狄特，心知再找也是枉然，知道狄特做出了他自己也會做的事：走出十幾道緊急出口之一，進入安全的街頭。他推開人群，碩大的身形逐漸擠過人群中央，往座位的入口前去。他扭身前進，推擠迎面而來的身體，這時瞥見貴蘭姆在人潮邊緣尋找狄特與愛莎。他對著貴蘭姆呼叫，貴蘭姆迅速轉頭。

史邁利繼續掙扎前行，之後總算來到低矮的隔板，看見愛莎・芬南一動也不動地坐著，而她四周的男人紛紛起身，女人則摸索著大衣與手提包。隨後他聽見尖叫聲，來得突兀而簡短，恐懼與嫌惡之情顯露無遺。一名女孩站在走道上，看著愛莎。女孩年輕貌美，右手捂著嘴，臉色慘白。她高大的父親面容憔悴，站在她身邊，也瞧見了眼前駭人的一幕，趕緊揪住她的肩膀向後拉。

愛莎的披肩已從肩頭落下，頭無力地垂在胸前。

史邁利沒有料錯。「讓他們逃亡、恐慌，什麼都行……只要他們採取行動……」而他們採取的行動正是這個：留下這具殘破的軀體見證兩人的恐慌。

「彼得，最好報警處理。我要回家了。如果可以的話盡量不要把我扯進來。你知道哪裡找得到我。」他點著頭，像在對自己說話：「我要回家去了。」

★

霧氣茫茫，天空飄著細雨，孟鐸爾則箭步穿過富勒姆廣場路追捕狄特。二十碼外的濕霧中驀地竄出車頭燈；車流的噪音刺耳而緊張，彷彿也在摸索著前進。

他別無選擇，只能緊緊尾隨狄特，兩人的距離從不超過十來步。小酒館與電影院已經打烊，但咖啡吧與舞廳仍吸引嘈雜的人群，擠在人行道上。狄特在孟鐸爾前方跛足前進，孟鐸爾則利用街燈來跟蹤，看著狄特進入尖筒狀的光線時輪廓忽然清楚明朗。

儘管行動不便，狄特的腳程仍快。加大步伐後，跛腳的情形更加顯著，彷彿以寬大的肩膀突然使力，向前甩出左腿前進。

孟鐸爾臉上出現詭異的表情，並非恨意，也非堅定的意志，而是毫不掩飾的反感。狄特的職業鑲再多花邊對孟鐸爾也毫無意義可言。在孟鐸爾眼裡，狄特不過是低賤的罪犯，是付費殺人的懦夫。狄特輕輕脫離觀眾人潮，往側門移動時，孟鐸爾看見他一直靜候的東西：市井罪犯的偷雞摸狗行徑，不出他的意料，也很熟悉背後的動機。對孟鐸爾而言，歹徒只有一種，從扒手小偷到違反公司法的大老闆，全是渴望逍遙法外的罪犯。他雖然不齒這些人，卻因職責在身必須將他們繩之以法。而這個歹徒碰巧是德國人。

霧氣愈來愈濃，愈來愈黃。兩人都沒穿大衣。孟鐸爾納悶著芬南夫人接下來要做什麼。讓貴蘭姆去操心吧。狄特溜走時，愛莎連正眼都沒瞧他。她是個怪人，外表看去一身皮包骨。只吃乾吐司配濃縮牛肉汁吧。

狄特倏然轉彎，走進右邊的小巷，然後再轉進左邊另一條巷子。兩人已經走了將近一小時，狄特沒有慢下腳步的意思。街頭安靜，除了兩人的腳步聲外，孟鐸爾完全聽不見其他人走路的聲音。腳步聲清脆而短促，回音被霧氣擾亂。他們來到一條窄街，兩旁是維多利亞式的民房，正面採用攝政時期風格，倉促搭建，也有粗厚的門廊與雙懸窗。孟鐸爾猜兩人接近了富勒姆百老匯，也許已經過了，現在比較靠近國王路。狄特的步伐仍未放慢，顛簸的身影依舊在霧氣中向前竄動，方向篤定，意圖急迫。

兩人接近大馬路時，孟鐸爾再次聽見單調的車流嗚咽聲，在濃霧中幾近停擺。隨後街燈從上方灑下淡淡光線，輪廓宛如冬陽的光暈般明顯。狄特在路邊猶豫了一下，冒險穿越鬼魅似的車流，而車子突然竄出，駛過兩人身旁。過了馬路之後，狄特立即鑽進無數小巷之一，孟鐸爾確定巷子通往河邊。

孟鐸爾的衣服已經濕透，細雨在臉上奔流。現在必定很接近泰晤士河了；他覺得能嗅出瀝青與焦煤的氣味，能感受到烏水的冷冽陰森。短暫的片刻間，他以為跟丟了狄特。他趕緊向前移動，差點被人行道絆倒，然後繼續往前走，看見前方是路堤的欄杆，有階梯往上通往一道鐵門，而門微微開啟。他站在鐵門前，望向裡頭，向下看著河面。底下有道堅固的木質走道，孟鐸爾聽見狄特在濃霧掩護下顛簸前進的回音，於是跟隨其詭異的路徑來到河邊。孟鐸爾等著，然後提高警覺，悄悄踏上走道。這條走道是固定的建物，兩旁各有一道紮實的松木扶手。孟鐸爾認為走道已有多年歷史。走道較低的一端連接一艘長筏，以踏板與油桶搭成。霧氣中隱約可見三棟破敗的船屋，在停泊處輕輕晃動。

孟鐸爾向木筏潛行，沒有發出聲響，他仔細觀察船屋，一棟接著一棟。其中兩棟緊靠著，中間以木板相連。另一棟停靠在十五呎外，前方船艙有燈亮著。孟鐸爾退回路堤，走出鐵門，小心關上。

他緩緩走在馬路上，仍不確定自己的方位。過了大約五分鐘，人行道忽然向右轉，地面逐漸升高。他猜想自己是上了橋梁。他點亮打火機，長長的火焰照在石壁上。他前後移動打火機，最後看見一塊髒濕的金屬板，刻著「巴特西橋」。他回到鐵門，呆立了片刻，確認周遭環境。

他的上方與右方聳立著四根巨大的煙囪，被濃霧遮掩住，是富勒姆發電廠。左邊是千尼步道（Cheyne Walk），一排美觀的小船延伸到巴特西橋。他站著的地點分隔了時髦與寒愴，即千尼步道與洛茨路（Lots）交接處，而後者是倫敦最醜陋的街道之一。洛茨路南邊是偌大的倉庫、碼頭與麵粉廠，北邊則是骯髒的房屋，連綿不斷，是富勒姆小巷典型的景象。

就在四根煙囪的陰影下，距離千尼步道停泊處約六十呎處，狄特．弗萊找到了掩蔽。孟鐸爾對這個地點非常熟悉。只要從這裡往下游走兩百碼，就能到達泰晤士河緊抓亞當．司卡俄先生不放的現場，也是警方撈起他的遺體之處。

16 霧中回音

史邁利的電話鈴響時，早已過了午夜。他從暖爐前的扶手椅起身，右手緊抓欄杆上樓走進臥房。肯定是彼得，不然就是警方，想請他發表看法。甚至可能是新聞媒體。凶殺案發生的時間，正好能趕上今天出刊的時限，幸好太晚，沒趕上昨晚的新聞轉播。標題會怎麼下？「瘋狂殺手肆虐戲院？」「遭勒斃婦女已查出姓名？」他痛恨新聞媒體，正如他痛恨廣告與電視；他痛恨大眾傳媒，討厭二十世紀叨擾不休的勸誘語句。他欣賞或熱愛的東西，一向是強烈個人主義的產物。所以他現在才如此痛恨狄特，比以前更加痛恨他所代表的一切：捨棄個人、擁抱群眾的狂妄自大作風。群眾哲學何曾帶來好處或智慧？狄特對人命毫不在意：只夢想著毫無面目的軍隊，被最卑賤的交集束縛在一起；他想形塑世界，把世界當作一株樹，砍掉不合乎一般形象的枝葉。為了改造世界，他發明了穆恩特這類缺乏性靈、沒有人性的機器。如同狄特的軍隊，穆恩特也毫無面目可言，只是訓練有素的殺手，誕生自血統最精良的殺手家族。

他拿起話筒，報上號碼。對方是孟鐸爾。

「你人在哪裡？」

「靠近切爾西路堤。有個小酒館叫做氣球，在洛茨路上。店東是我朋友。揍過他一頓……是這樣的，愛莎的男朋友潛伏在切爾西麵粉廠旁邊的船屋裡。霧這麼濃，他也能摸到這裡，算是奇蹟吧，一定懂盲人點字。」

「**誰**？」

「她的男朋友，在戲院陪她的那個。醒醒吧，史邁利先生；你怎麼搞的？」

「你跟蹤了狄特？」

「那還用說。你不是這樣吩咐貴蘭姆先生的嗎？他負責盯女的，我負責男的……對了，貴蘭姆先生那邊的情況怎樣？愛莎跑去哪裡了？」

「她哪裡也沒去。狄特離開的時候，她已經死了。孟鐸爾，你有在聽嗎？拜託，我上哪裡才找得到你？你那邊究竟是什麼鬼地方？警方找得到嗎？」

「警方知道。就跟他們說，狄特在一個改裝的登陸艇裡，名叫『夕陽安居』，位置在森南（Sennen）碼頭的東邊、麵粉廠和富勒姆發電廠中間。他們會知道……不過霧很濃，要小心，霧非常濃。」

「我到哪裡跟你碰頭？」

「直接向河邊走。我會到巴特西橋和北岸交接的地方跟你碰面。」

「我先打給貴蘭姆，然後馬上過去。」

他家裡有把槍，一時間曾考慮找出來帶在身上，但隨後一想，卻又覺得多此一舉。他也悶悶一想，開了槍必定引發一陣大騷動。他從公寓撥電話給貴蘭姆，轉述孟鐸爾的話：「對了，彼得，警方一定要看緊所有的港口和機場；命令特別小組監看河上交通以及出海的船隻。該怎麼做，他們會知道。」

他穿上舊防水衣，戴上厚皮手套，趕緊出門，走進濃霧中。

孟鐸爾在橋邊等他，兩人彼此點頭，孟鐸爾急忙帶他沿著路堤走，挨近防洪牆以避開沿路的樹木。突然間，孟鐸爾停下腳步，警覺地抓住史邁利的手臂。兩人紋風不動站著、傾聽。接著史邁利也聽見了，是腳踩在木質地板的空洞回響，不甚規律，像是跛腳者的腳步聲。他們也聽見了鐵門吱嘎打開，再鏗鏘關上，隨後又傳來腳步聲，走上人行道之後聲音沉穩，音量愈來愈大，朝他們走來。兩人都不敢動。愈來愈大聲、愈來愈靠近，接著蹣跚起來，然後完全停止。史邁利屏住呼吸，拚命想再看穿濃霧前方一碼，以看見必定站在前方等待的人影。

接下來對方忽然猛衝過來，猶如龐大的野獸，像孩子那樣使勁將兩人推開，繼續奔跑，再次不見人影，不均勻的回音消散在遠方。兩人轉身追去，孟鐸爾在前，史邁利盡量跟上，狄特的影像在腦海中栩栩如生，一手持槍，衝出夜霧，衝向他倆。在前方，孟鐸爾的陰影陡然轉向右邊，史邁利盲目地跟上。隨後聲響突然變為打鬥聲。史邁利奔向前去，聽見沉重的武器重擊人類頭骨的聲音，確定無誤，接著看見了：孟鐸爾趴在地上，狄特彎下腰去，舉手準備再以沉重的自動手槍槍托伺候。

史邁利上氣不接下氣，吸多了腥臭的濃霧，胸口因而灼痛、嘴巴燥熱，充滿了血腥味。他總算設法喘過氣來，死命大喊：「狄特！」

弗萊望向他，點頭以德文說：「朋友，喬治，」然後以手槍狠狠擊打孟鐸爾，手法凶殘。他慢慢直起身來，手槍向下，兩手握槍，讓子彈上膛。

史邁利盲目奔向他，忘記了原本學會的搏擊小技巧，揮舞著短臂，沒有握拳就打下去。他的頭抵住狄特的胸口，向前猛衝，一面猛打狄特的背與腰。

史邁利失去了理智，發覺內心有股瘋狂的能量，將狄特不斷往後推、頂向橋上的欄杆；狄特失去重心，也受限於殘肢，因此不是史邁利的對手。史邁利知道狄特正在打他，決定命運的一擊卻遲遲未來。他對著狄特喊叫：「豬玀，豬玀！」狄特繼續向後退時，史邁利發現自己雙臂揮空，再度以笨拙如幼童的手法攻擊狄特的臉。狄特向後靠，史邁利看見了光滑的喉嚨與下巴形成的弧線，使盡全力一掌向上推去，手指揪住狄特的下頷與嘴巴，一路向前推動。狄特的雙手掐住史邁利的喉嚨，接著忽然改抓住史邁利衣領，以免慢慢向後跌下。

史邁利狂亂地拍打他的雙臂，總算鬆開狄特的掌握；狄特往下掉，墜入橋下翻騰的霧氣，隨後歸於平靜。沒有叫嚷，沒有嘩啦水聲。他不見了，如同人體獻祭，供奉的對象是倫敦的濃霧與下方惡臭漆黑的河流。

史邁利倚在橋上，頭疼欲裂，鼻血直流，右手指頭似乎骨折了，無法使力。他的手套也不見了。他向下望著濃霧，什麼也看不到。

「狄特！」他哀嚎起來。「狄特！」

他再次呼喊，嗓音卻開始哽咽，淚水湧上眼眶。「噢，親愛的上帝，我怎麼會做出這種事？噢，基督啊，狄特，你為什麼不阻止我，為什麼不拿槍捶我？為什麼不開槍？」他將緊握的雙手貼在臉上，品嘗掌心鹹味鮮血混著鹹鹹眼淚的滋味。他靠向護欄，像個孩子一樣哭叫。就在他下方，有個瘸子在髒水中掙扎，迷失方向、筋疲力竭，最後在惡臭漆黑的河水裡不支，終於被河水降伏，往下沉落。

他醒來時，發現彼得．貴蘭姆坐在床尾，正在倒茶。

「啊，喬治。歡迎回到家。現在是下午兩點。」

「今天凌晨——？」

「今天凌晨啊，老兄，你在巴特西橋上陪孟鐸爾同志高歌。」

「他怎麼樣……我是指孟鐸爾？」

「自覺慚愧得半死啊。他復原得很快。」

「狄特呢——？」

「死了。」

貴蘭姆遞給他一杯茶，與一些從福特南買來的果酒餅乾。

「彼得，你在這裡待多久了？」

「這個嘛，其實經過了重重關卡，最後才到這裡。首先是去切爾西醫院報到，讓醫生舔舔你的傷口，打了大量鎮定劑，然後回到這裡，我把你扶回床上。真是讓人受不了。然後我打了幾通電話，收拾一下殘局。偶爾進來看看你。像是丘比特和他的女朋友。這段時間你不是鼾聲震天，就是在背誦韋伯斯特⑯。」

「天啊。」

「《馬爾菲公爵夫人》吧，好像。『我命令你，當我失神之際，去殺害我至親的友人，而你確已遵從！』喬治啊，我想恐怕淨是些胡言亂語。」

「警方怎麼找到我們？怎麼找到孟鐸爾和我？」

「喬治，你可能沒有知覺，不過你一直對著狄特大罵，好像——」

「對，那當然。你聽見了。」

「我們都聽見了。」

「馬斯頓呢？馬斯頓對整件事有何看法？」

「我認為他想見你。他留話給我，希望你一復原得差不多，就立刻去見他。他對你的看法怎樣，我倒不清楚。大概什麼看法也沒有吧。」

「什麼意思？」

貴蘭姆再倒了一些茶。

「動動腦筋，喬治。這個小小的童話故事裡，三個主角全被大熊吃掉了。過去六個月來，也沒有祕密情報被洩露出去；你認為馬斯頓想咬著細節不放嗎？你真的認為他急著想向外交部邀功嗎？承認我們只會在絆到間諜屍體時才發現間諜？」

前門鈴響，貴蘭姆下樓應門。史邁利稍微警覺起來，聽見貴蘭姆讓訪客進入門廳，接著傳來壓低的人聲，腳步聲隨後順階梯而上。有人敲敲門，之後進門的是馬斯頓。他捧了一束大得荒誕的鮮花，打扮得像是剛參加過庭園餐會。史邁利想起，今天是星期五，每逢周末馬斯頓都會前往亨里。他咧著嘴笑。上樓梯的途中，他一定全程咧嘴笑個不停。

「喬治啊，又跟人打仗啦！」

「是啊，沒錯。又發生意外了。」

他在床緣坐下，彎腰靠過去，一手撐在史邁利雙腿的另一邊。

他停頓一下，然後說：「接到我那封信了吧，喬治？」

「接到了。」

又是一陣停頓。

「喬治，軍情局裡提議要另闢個新的單位。我們，其實應該說是你們的軍情局，覺得應該貢獻更多精力在科技情蒐上，特別是衛星情蒐應用方面。我很高興的是，內政部也有同感。貴蘭姆也同意要針對職權範圍提供建議。不知道你願不願意替我們接下來。主持這個新單位。我是說啊，當然免不了

⓰ John Webster, 1580-1625，英國劇作家。

升官，而且也可以考慮延後法定退休年齡。我們的人事單位也支持我的想法。」

「謝謝你……我再考慮看看，可以嗎？」

「那當然……那當然，」馬斯頓略顯失望。「什麼時候給我回音？可能有必要增添新人手，到時候也有空間的問題……趁這個週末考慮一下，星期一給我個回覆。內政大臣很願意替你──」

「對，我會給你一個回覆。多謝你的厚愛。」

「別客氣。再怎麼說，我也只是顧問嘛，喬治。這其實是內部的決策。我只負責捎來好消息，喬治，反正我本來的功能就是個打雜跑腿的。」

馬斯頓直盯著史邁利片刻，遲疑了一下，然後說：「我讓各部長知道這件事……只讓他們了解必要的部分。我們討論過應該採取什麼行動。內政大臣也在場。」

「什麼時候的事？」

「今天早上。也探討過幾個非常重大的問題。我們考慮向東德提出抗議，希望引渡這個姓穆恩特的傢伙。」

「可是，我們又不承認東德。」

「沒錯。問題就在這裡。不過，我們倒有可能透過第三國提出抗議。」

「比方說，俄國？」

「比方說俄國。只不過，如果要透過第三國，需要考量一些不利的因素。我們認為，這樣做會惹出風波，不管形式為何，最後都會傷及國家權益。我國民眾因西德再獲軍備而大感反彈，如果有證據顯示德國在英國境內搞情報，無論是不是由俄國煽動，都可能讓民眾更加嫌惡。是這樣的，沒有確切證據顯示弗萊替俄國人指揮間諜。我們可以對外宣稱，弗萊是個體戶，或者代表統一的德國行事。」

「了解。」

「實際情況，目前為止很少人知道。這是不幸中的大幸。內政大臣代表警方，暫時同意盡可能低調處理這件事……至於這個叫做孟鐸爾的，他是什麼樣的人？值得信賴嗎？」

史邁利討厭馬斯頓講這種話。

「是，」他說。

馬斯頓起身。「那就好，」他說，「那就好。這樣吧，我該走了。你還想要什麼嗎？我還可以幫上什麼忙？」

「不用了，謝謝你。貴蘭姆照料得無微不至。」

馬斯頓走到門口。「好吧，喬治，祝你早日康復了。那份新工作，盡量考慮接下。」他壓低嗓門，快口說出，斜眼對他燦爛一笑，彷彿這件事對他意義重大。

「多謝你送的鮮花，」史邁利說。

★

狄特死了，死在他手下。右手骨折，全身僵硬，頭痛欲裂，罪惡感導致的噁心，全都可以證明這一點。狄特居然任他下手，居然沒有開槍打他，居然記得兩人的情誼，史邁利卻忘記了。兩人在霧中打鬥，在水位逐漸高漲的河流上打鬥，在林深不知歲月的空地打鬥：兩人重逢，兩個老朋友，如野獸般打鬥著。狄特記得，史邁利卻忘記了。兩人來自同一夜的不同半球，來自思想行為互異的兩個世界。狄特，機敏快捷，凡事講求絕對，掙扎著抵抗他。「噢，天啊，」史邁利脫口而出，「這麼一來，哪一個才算紳士……？」

他吃力地起床，開始穿衣服。站起來感覺比較舒服。

17 親愛的顧問

親愛的顧問，

針對人事處好意提拔一事，我終於能予以答覆。花了這麼長的時間回信，我感到過意不去，但您也知道，我最近身體不適，而且也有些軍情局範圍外的私事必須處理。

由於本人身體仍未徹底康復，唯恐接下新工作是不智之舉，因此麻煩將本人的決定轉告人事處。

我相信您必能體諒我的心情。

謹此

喬治・史邁利

親愛的彼得，

我隨信附上芬南案的報告。我只有這一份，看完後請傳給馬斯頓。我認為有些事件很寶貴，必須記錄下來——即使部分事件從未發生也一樣。

祝好

★

《芬南案》

元月二日星期一，我找外交部資深成員薩謬爾・亞瑟・芬南面談，希望澄清一封匿名信對他指控的部分內容。面談的安排依循例行程序，換言之，事先獲得外交部的同意。經過調查，芬南三〇年代就讀牛津期間曾同情共產黨，除此之外並未發現對芬南不利的因素，而同情共黨這部分的重要性亦微乎其微，因此面談純屬例行公事。

到訪芬南位於外交部的辦公室後，我發現該地不適宜面談，因此同意前往聖詹姆士公園繼續詳談，也可善用晴朗的天氣。

事後跡象顯示，公園散步期間有人認出我們，並從旁觀察，而這人是東德情報局的情報員，曾於大戰期間與我合作過。至於他是事先跟監芬南，或者在公園碰巧看見我們，這一點無法確定。

元月三日晚間，素里警方通報芬南自殺身亡，一封芬南簽名的打字遺書聲稱自己慘遭陷害。

然而經過調查，我們找出下列事證，懷疑有外力介入：

喬治

一、芬南死亡當天晚間七點五十五分，曾致電沃里斯頓總機預約翌日早晨八點三十分的晨呼。
二、芬南死亡前不久替自己沖泡了一杯可可，卻沒有喝下。
三、據信他在門廳的樓梯底部飲彈自盡，遺書放置於身旁。
四、芬南本人鮮少使用打字機，而最後一封信居然以打字完成，似乎顯得矛盾；更值得一提的是，他居然會下樓到門廳自盡。
五、芬南死亡當天曾寄信給我，以緊急的口吻邀約隔日在馬洛見面，共進午餐。
六、事後經調查顯示，芬南生前曾請元月四日星期三的假，顯然未向妻子提及。
七、調查也發現，遺書以芬南自家的打字機撰寫，其中字體的特點與匿名信相近。然而根據實驗室的檢驗報告，兩封信雖出自同一臺打字機，卻出自不同人之手。

芬南夫人在丈夫死亡當晚曾出門觀賞戲劇，被問及總機八點三十來電晨呼一事時，她宣稱是自己預約的，而總機則肯定此言不實。芬南夫人表示丈夫經過保防面談後，情緒緊繃、陷入低潮，這一點證實遺書的說法。

元月四日，我離開芬南夫人家後，於下午返回肯辛頓自宅，發現有人影在窗口閃了一下，因此改按門鈴。一名男子開門，而這人事後經證實為東德情報局的一員。他請我入內，但我婉拒了他的好意，立刻回到車上，同時記下停在附近所有車輛的車牌號碼。

當晚我前往巴特西一間小修車廠，詢問其中一部車的來歷，因為該車登記在修車廠負責人名下。我遭不知名人士襲擊，打得失去意識。三星期後，修車廠負責人亞當．司卡俄也陳屍巴特西橋附近的泰晤士河。溺斃之前他喝了不少酒。現場沒有打鬥的跡象，而司卡俄本人生前酗酒成性。

司卡俄與本案相關的部分，是他過去四年租車給匿名外國人士使用，換取優渥的報償。經過雙方安排後，連司卡俄也無法得知租車人的身分，只以「金髮妞」稱呼顧客，也僅能以電話連絡。這支電話號碼很重要，因為直通東德鋼鐵代表團。

在此同時，我們也調查過芬南夫人的不在場證明，發現以下重點：

一、芬南夫人每月兩次前往衛橋劇團看戲，分別是第一與第三個星期二。（注意：亞當．司卡俄的顧客每月第一、三個星期二取車。）

二、每次上小劇場，她必帶樂譜袋，寄放在寄物間。

三、每回上小劇場，必定有名男子陪同，而這人的外表符合襲擊我的人，也符合司卡俄顧客的外形。小劇場員工甚至誤以為此人是芬南夫人的丈夫。他也帶著樂譜袋，同樣寄放在寄物間。

四、凶殺案發當晚，芬南夫人因友人未到小劇場而提前離席，同時忘記領回樂譜袋。當晚稍後她致電劇團，詢問是否能立即領回。她遺失了寄物間的號碼牌。樂譜袋由芬南夫人的同一位友人領回。

這位陌生人經證實為東德鋼鐵代表團的僱員，姓穆恩特；代表團的團長是赫爾・狄特・弗萊，大戰期間曾與本局合作，情報行動經驗豐富。大戰結束後，他曾進入東德，服務於政府單位。我在此必須說明，弗萊於大戰期間曾與我搭檔，進入敵境蒐集情報，表現傑出、足智多謀。

這時我決定第三度造訪芬南夫人。她情緒崩潰，坦承替丈夫傳遞情報，而丈夫於五年前滑雪度假時即遭弗萊吸收。她本人合作得很不情願，部分是希望忠於丈夫，部分是為了保護他，不希望他在執行情報任務時粗心出錯。弗萊看見了芬南在公園與我交談。弗萊推斷我仍負責情蒐工作，因此認定芬南不是遭人懷疑就是雙面諜。弗萊交代穆恩特解決芬南，而芬南夫人則因自己是間諜共犯而被迫噤聲。她甚至還在丈夫事先簽名的白紙上，利用芬南的打字機打出遺書。

愛莎的丈夫取得情報後，由愛莎傳遞給穆恩特，傳遞方式值得一提。她將書信與文件副本裝在樂譜袋裡，帶到小劇場。穆恩特也攜帶類似的樂譜袋，裡面裝有鈔票與指示，而且與芬南夫人的作法相同，將樂譜袋寄放在寄物間。兩人只需交換寄物間的號碼牌。案發當晚穆恩特沒有出現，芬南夫人遵守一貫的指示，將號碼牌寄到海格的一個住址。她提早離開小劇場，以趕上衛橋出發的最後一班郵車。同一晚，當穆恩特要求樂譜袋時，她將自己的作法轉告給穆恩特。穆恩特堅持於當晚領回樂譜袋，因為他不希望再跑一趟衛橋。

翌晨我訪問芬南夫人時，其中一個問題（八點半的晨呼）讓她大為緊張，因此致電穆恩特。這一點可以解釋為何我當天下午遭人襲擊。

芬南夫人聯絡穆恩特時使用的地址與電話號碼，在接受面談時向我供出，也承認穆恩特的代號是富來塔格。地址與電話都來自一名歐航飛行員承租的公寓，此人經常招待穆恩特，在穆恩特有需要時提供住宿。這名飛行員（據判是東德情報局的信差）元月五日離開英國後就不見人影。

芬南夫人的供詞簡述如上，經調查後並無結果。涉案間諜已死，凶手也逃逸無蹤，我們當時所能做的事只有評估災情。透過正式管道，我們與外交部接觸，菲立思．塔文納先生奉外交部之令檢查情報調閱的時間表，調查情報外洩程度。菲立思．塔文納列出芬南被弗萊吸收後接觸過的所有檔案。值得玩味的是，調查後並未查出芬南按部就班取得祕密檔案。除了與職務直接相關的資料，芬南從未調閱機密檔案。在生前最後六個月，他可以接觸到的敏感文件大幅增加，他卻從未調閱任何機密檔案並攜帶回家。在這段期間，他帶回家的檔案全屬低機密等級的資料，有些內容甚至與職務範圍無關。這種作法與芬南的間諜角色背道而馳。然而，他也有可能已經無心從事情報工作，因此邀約我共進午餐，當作是坦承罪行的第一步。基於這點，那封匿名信也有可能出自他之手，可能是藉此讓自己與軍情局搭上線。

行筆至此，我應該進一步提到兩項事實。穆恩特以假名與假護照，搭飛機離開英國，時間是芬南夫人供出事實的隔天。穆恩特躲過機場當局的眼線，事後卻有空姐認出他的長相。此外，芬南的日記記載了狄特．弗萊的全名與上班地點的電話號碼，公然違反間諜活動最基本的規則。

很難理解的是，穆恩特謀殺了司卡俄後，為何繼續在英國待了三星期。而更難理解的是，根據芬南夫人的描述，芬南選擇檔案的手法顯然無規律可循，價值也不高，令人費疑猜。重新檢視過這兩項事實後，不斷歸納出以下的結論：「芬南是間諜」這件事，唯一的證據來自妻子。如果事實真如她所描述，而穆恩特與弗萊決心除掉了解案情的所有人，為何唯獨她能存活至今？

換個角度看，難道她本身不可能是間諜嗎？

倘若她是間諜，就能說明穆恩特離開英國的日期：芬南夫人認為我接受了她真心的供詞後，立刻通知穆恩特。這也能解釋芬南日記裡的記載：弗萊與芬南是在滑雪時結識，而弗萊經常前來沃里斯頓。芬南為何只調閱無機密可言的檔案，因此也可獲得解釋——新職位讓芬南得以接觸大量機密，他卻刻意選擇沒有機密的檔案，原因只有一個：他開始懷疑妻子。因此接受過面談後，才寄信邀約我隔天到馬洛相見。芬南告假一天，決定傾訴內心的憂慮，而妻子顯然不知道請假這件事。這也可以解釋芬南為何寫黑函檢舉自己：他希望與我們連絡上，進而揭發妻子。

根據這項假設，在間諜手法方面，芬南夫人個人的手法既有效率又小心謹慎。她與穆恩特使用的諜報技巧，令人聯想到大戰期間的弗萊。相約小劇場後，如果其中一方不克前往，另一方必須寄出寄物間的號碼牌，這是典型的弗萊作風，凡事計畫得萬無一失。芬南夫人的行動完全依照指示，卻自稱不情願協助丈夫從事間諜活動，這點上出現矛盾。

儘管依邏輯判斷，芬南夫人有從事間諜活動的嫌疑，她對案發當晚的敘述並不見得不實。假使她事先得知穆恩特打算謀殺丈夫，就不會帶著樂譜袋前往小劇場，也不會寄出號碼牌。

除非重新啟動芬南夫人與指揮者之間的關係，否則似乎無法證明她涉案。大戰期間，弗萊曾發明妙計，以相片及風景明信片做為暗號，進行緊急通訊。訊息夾帶在相片的主題中。如果主題與宗教有關，例如聖母像或教堂，表示要求提早見面。收件人的回信會寫出完全不相干的內容，並確實註明日期。兩人會依照事先約定的時間、地點，在信中註明的日期後五天見面。

大戰之後，弗萊的情報技巧顯然改變甚少，有可能仍使用這種畢竟鮮少動用的通訊手法。有鑒於此，我寄給愛莎·芬南一張教堂的風景明信片，從海格寄出，一廂情願地冀望她會推斷寄自弗萊的單位。她立即做出反應，寄出倫敦一家戲院的門票到不明的國外地址，門票日期是五天之後。芬南夫人的信抵達弗萊，而弗萊認定意指「緊急約見」。由於弗萊知道穆恩特因芬南夫人的「告白」而曝光，因此決定親自赴約。

結果兩人於二月十五日星期二，在哈墨石密的歐爾丹戲院相見。見面之初，兩人皆認為主動約見的人是對方，後來弗萊明瞭這次會面其中有詐，因此採取極端行動。或許他懷疑芬南夫人為他設下了陷阱，或許他了解自己被人跟監，我們無從得知，但他因此殺害愛莎。他採用何種殺人手法，引述驗屍官報告最為詳實：「單點壓力施加於喉頭上，特別施壓於甲狀軟骨角，導致幾乎瞬間死亡，顯示加害芬南夫人的歹徒並非生手。」

經過跟蹤，弗萊逃至千尼步道附近的船屋停泊處，在強烈抵抗逮捕時失足跌入河中，屍體已打撈上岸。

18 兩個世界之間

史邁利的不榮譽俱樂部週日通常無人光顧，但史度堅夫人從不鎖門，以免會員突然登門造訪。在牛津擔任房東太太期間，有幸寄居她門邸的房客都對她敬重有加，程度遠勝對全校教授與學監的態度。如今管理俱樂部，她對待會員仍擺出同樣的臉孔，既嚴厲又又具母性。會員犯了任何過失，她全不放在心上，但每次有人犯錯，她原諒之餘不忘暗示僅此一次，再犯的話永遠、永遠也不原諒。有一回，司第艾斯培沒有事先通知就帶回七個客人，史度堅夫人罰他捐出十先令，投入募捐箱，之後卻準備了眾人一生難得一見的豐盛晚餐。

大家圍坐上次見面的同一桌。與上次比較起來，孟鐸爾的臉色略顯灰黃，略帶老態，席間極少開口發言，使用刀叉時精準細心的手法，如同他執行任何任務的態度。最健談的人是貴蘭姆，而史邁利也比平常寡言。有好友相伴，大家心情輕鬆，覺得沒有必要多話。

「她為什麼那樣做？」孟鐸爾忽然問。

史邁利緩緩搖頭：「我以為我知道，不過我們只能猜想。我認為她夢想建立一個沒有衝突的世界，由新教條主義管理、維護的世界。有一次我激怒了她，她對我大罵：『因為我是漫遊的猶太女子，』

她說；『在無人之境漫遊，在你為玩具兵布置的戰場上漫遊。』她目睹新德國依照舊德國模式重建，再套句她說的話，看見那種飽滿的自尊心又回來了，我認為她再也看不下去。我認為她發現個人的苦難不得善終，也眼睜睜看著迫害她的國家飛黃騰達，因此橫下心反叛。她告訴我，五年前夫妻倆在德國滑雪度假時結識了狄特，而當時重建後的德國儼然可望成為西方強權。」

「她是共產黨員嗎？」

「我認為她不太喜歡標籤。我認為她想協助建立一個沒有衝突的社會。現在談和平，未免像是唱高調，不是嗎？我認為她要的是和平。」

「狄特呢？」貴蘭姆問。

「狄特要的是什麼，只有天知道了。大概是榮譽，或是社會主義的世界吧。」史邁利聳聳肩。「他們夢寐以求的是和平與自由。現在卻成了殺人凶手和間諜。」

「老天！」孟鐸爾說。

史邁利又沉默下來，注視著杯中物。最後他說，「我不期望兩位能明瞭。你們只看見狄特的結局。我看見了開場。他繞了一大圈。他在大戰期間變成叛徒，我認為他一直無法釋懷。非挽回從前的過錯不可。嚷著要建立新世界的人，似乎除了破壞之外一事無成，說穿了，狄特就是這種人。」

貴蘭姆很有風度地插嘴，「八點半的那通晨呼呢？」

「我認為很清楚了。芬南想約我在馬洛見面，所以事先請了假。請假的事，他不可能告訴過愛莎，否則她會解釋這一點給我聽。他預約了晨呼，替自己預備了前往馬洛的藉口。這只是我的猜測。」

寬闊的壁爐裡火聲嗶啵。

★

他搭上前往蘇黎士的午夜班機。這晚的夜色很美，他透過身旁的小窗觀望灰色的機翼，在星光滿天的背景中靜止不動，瞥見了兩個世界中的永恆。

這副景象安撫了他的心境，紓解了他的恐懼與疑慮，讓他在飛向宇宙中含糊神祕的意義時聽天由命——苦心追求愛情，或是回歸孤寂，一切似乎無關緊要了。

轉眼間，法國海岸的燈火映入眼簾，他開始能親身感受地上靜止的生命，感受藍高盧香菸的惡臭，感受大蒜與美食的氣息，體會高級餐廳裡的大嗓門。馬斯頓人在一百萬哩之外，與枯燥無味的文件、油光閃閃的政客共處一室。

在同機旅客眼裡，史邁利是個怪人——矮小肥胖，臉色陰沉，突然微笑起來，點了一杯酒。鄰座是一名金髮年輕男子，以眼角仔細觀察他，心想：這種人我看多了，一定是彈性疲乏的公司主管，放假出國找點樂子。他覺得這種行為還挺惹人反感的。

勒卡雷 01

死亡預約

Call for the Dead

（2007年以《召喚死者》初版，本版為全新修定版）

作者　約翰．勒卡雷（John le Carré）
譯者　宋瑛堂
總編輯　陳郁馨
主編　張立雯
電腦排版　極翔企業有限公司

社長　郭重興
發行人兼出版總監　曾大福
出版　木馬文化事業股份有限公司
發行　遠足文化事業股份有限公司
地址　231新北市新店區民權路108之3號8樓
電話　02-2218-1417　傳真　02-8667-1891
email: service@bookrep.com.tw
郵撥帳號　19588272 木馬文化事業股份有限公司
客服專線　0800221029
法律顧問　華洋國際專利商標事務所 蘇文生 律師
印刷　成陽印刷股份有限公司
初版　2014年5月
定價　新台幣220元

ISBN 978-986-359-014-9
有著作權　翻印必究

Call for the Dead
Copyright © le Carré Productions, 1961
Complex Chinese language © 2014 by ECUS Publishing House Co.
ALL RIGHTS RESERVED

國家圖書館出版品預行編目(CIP)資料

死亡預約 / 約翰．勒卡雷（John le Carré）著；宋瑛堂譯. -- 二版. -- 新北市：木馬文化出版：遠足文化發行, 2014.05
面；　公分. --（勒卡雷；1）
譯自：Call for the dead
ISBN 978-986-359-014-9（平裝）

873.57　　103008044